MARCHA CRIANÇA

4º ANO
ENSINO FUNDAMENTAL

ENSINO RELIGIOSO

Dagmar de Assis Ramos

Professora e pesquisadora do Ensino Fundamental e Médio.

Bacharela em Direito com licenciatura plena em História.

Pós-graduada em História do Brasil pela Universidade Candido Mendes (Ucam-RJ).

Pós-graduada em Teologia pela Pontifícia Universidade Católica do Rio de Janeiro (PUC-RJ).

Decimar de Assis Henrique

Professora e pesquisadora das áreas de Educação e de Ensino Religioso, credenciada pelo curso superior de Teologia da Arquidiocese de Brasília.

Professora do Ensino Fundamental da rede pública do município do Rio de Janeiro.

editora scipione

editora scipione

Presidência: Mario Ghio Júnior
Direção de Soluções Educacionais: Camila Montero Vaz Cardoso
Direção editorial: Lidiane Vivaldini Olo
Gerência editorial: Viviane Carpegiani
Gestão de área: Tatiany Renó
Edição: Mariangela Secco (coord.), André Fonseca (editor)
Planejamento e controle de produção: Flávio Matuguma, Juliana Batista, Felipe Nogueira e Juliana Gonçalves
Revisão: Kátia Scaff Marques (coord.), Brenda T. M. Morais, Claudia Virgilio, Daniela Lima, Malvina Tomáz e Ricardo Miyake
Arte: André Gomes Vitale (ger.), Catherine Saori Ishihara (coord.), Lourenzo Acunzo (edição de arte)
Diagramação: Arte4 Produção editorial
Iconografia e tratamento de imagem: André Gomes Vitale (ger.), Denise Durand Kremer (coord.), Thaisi Lima (pesquisa iconográfica), Fernanda Crevin (tratamento de imagens)
Licenciamento de conteúdos de terceiros: Roberta Bento (gerente); Jenis Oh (coord.); Liliane Rodrigues; Flávia Zambon e Raísa Maris Reina (analistas de licenciamento)
Ilustrações: Marcos de Mello (Aberturas de unidade), Camila de Godoy, David Martins, Ilustra Cartoon, José Luís Juhas (Miolo)
Design: Erik Taketa (coord.) e Aurélio Camilo (proj. gráfico e capa)
Ilustração de capa: Estúdio Luminos

Avenida Paulista, 901, 6º andar – Bela Vista
São Paulo – SP – CEP 01310-200
http://www.somoseducacao.com.br

Dados Internacionais de Catalogação na Publicação (CIP)

Henrique, Decimar de Assis
Marcha Criança : Ensino religioso : 1º ao 5º ano / Decimar de Assis Henrique, Dagmar de Assis Ramos. -- 3. ed. -- São Paulo : Scipione, 2020.
(Coleção Marcha Criança ; vol. 1 ao 5)

Bibliografia

1. Ensino religioso (Ensino fundamental) - Anos iniciais I. Título II. Ramos, Dagmar de Assis III. Série

20-1104 CDD 371.07

Angélica Ilacqua - Bibliotecária - CRB-8/7057

2025
Código da obra CL 745892
CAE 721183 (AL) / 721185 (PR)
OP: 272239 (AL)
ISBN 9788547403195 (AL)
ISBN 9788547403201 (PR)
3ª edição
10ª impressão
De acordo com a BNCC.

Impressão e acabamento: EGB Editora Gráfica Bernardi Ltda.

Uma publicação SOMOS EDUCAÇÃO

Com ilustrações de **Marcos de Mello**, seguem abaixo os créditos das fotos utilizadas nas aberturas de Unidade:

UNIDADE 1: **Templo**: alenvl/Shutterstock, **Cinema**: Travers Lewis/Shutterstock, **Cidade**: A_McIntyre/Shutterstock, **Banco**: Sergiy Kuzmin/Shutterstock, **Folhagem**: GETSARAPORN/Shutterstock, **Folhagem**: NABODIN/Shutterstock, **Igreja**: Vova Shevchuk/Shutterstock.

UNIDADE 2: **Casa**: Duncan Andison/Shutterstock, **Troncos**: jocic/Shutterstock, **Folhagem**: GETSARAPORN/Shutterstock, **Folhagem**: NABODIN/Shutterstock.

UNIDADE 3: **Ginásio**: dotshock/Shutterstock, **Embalagens de óleo**: MAHATHIR MOHD YASIN/Shutterstock, **Pacotes de arroz**: Anton Starikov/Shutterstock.

UNIDADE 4: **Cidade**: A_McIntyre/Shutterstock, **Árvores**: Wichai Prasomsri1/Shutterstock.

APRESENTAÇÃO

Querido aluno

Todos os dias você brinca, aprende e faz descobertas.

Você está crescendo!

Pensando nisso, desejamos que, por meio do Ensino Religioso, você construa sua vida por caminhos livres de preconceitos em busca de um mundo melhor.

Nós esperamos que, auxiliado por este material, você cresça em tamanho e sabedoria, e que a cada lição você pratique o amor ao próximo e à natureza.

Cada Unidade foi pensada para contribuir com o seu desenvolvimento dentro e fora da sala de aula.

Vamos juntos aprender que somos todos irmãos!

Um carinhoso abraço,

As autoras

David Martins/Arquivo da editora

CONHEÇA SEU LIVRO

Veja a seguir como seu livro está organizado.

UNIDADE

Seu livro está organizado em quatro Unidades. As aberturas são compostas dos seguintes boxes:

Entre nesta roda

Você e os colegas terão a oportunidade de conversar sobre a imagem apresentada e a respeito do que já sabem sobre o tema da Unidade.

Nesta Unidade vamos estudar...

Neste boxe, você vai encontrar uma lista dos conteúdos que serão estudados na Unidade.

ATIVIDADES

Momento de verificar, por meio de atividades diversificadas, se os conteúdos foram compreendidos.

Em cada um dos dezesseis itens numerados, você encontra diversos conteúdos e propostas de reflexão.

VOCÊ EM AÇÃO

Você encontrará esta seção em todas as disciplinas. Em **Ensino Religioso**, ela propõe atividades práticas que trabalham competências socioemocionais.

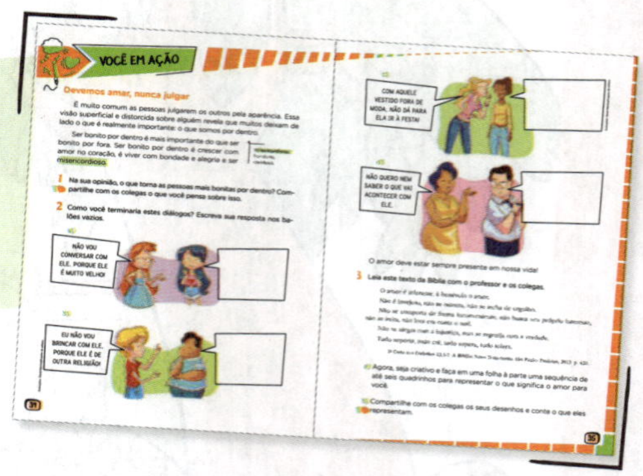

O TEMA É...

Comum a todas as disciplinas, esta seção traz uma seleção de temas para você refletir, discutir e aprender mais, ajudando-o a atuar no seu dia a dia com mais consciência!

SAIBA MAIS

Boxes com curiosidades, reforços e dicas sobre o conteúdo estudado.

AMPLIANDO O VOCABULÁRIO

Algumas palavras estão destacadas no texto e o significado delas aparece sempre na mesma página. Assim, você pode ampliar seu vocabulário.

QUEM É?

Boxe com informações sobre autores e artistas.

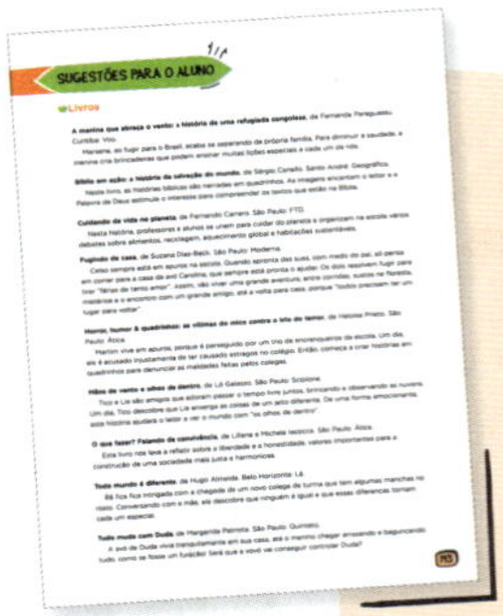

SUGESTÕES PARA O ALUNO

Seleção de livros, CDs, filmes e *sites* para complementar seus estudos e ampliar seus conhecimentos.

Material complementar

CADERNO DE CRIATIVIDADE E ALEGRIA

Material que explora os conteúdos de Ensino Religioso de forma divertida e criativa!

Quando você encontrar estes ícones, fique atento!

Em dupla

Em grupo

Com a família

No caderno

Oral

SUMÁRIO

UNIDADE 3 ESPERANÇA QUE JAMAIS ACABA 78

Simon Bruty for OIS/Agência France-Presse

UNIDADE 4 PARA CRESCER MELHOR 112

Rido/Shutterstock

UNIDADE 1

CONVIVENDO COM O OUTRO

Nesta Unidade vamos estudar...

- Os valores familiares
- Os mitos sobre a criação do mundo
- Os cuidados com o planeta

Marcos de Mello/Arquivo da editora

Entre nesta roda

- O que você mais gosta de fazer em família?
- Como ficam as praças próximas a sua casa nos fins de semana?
- Você costuma praticar alguma das atividades que aparecem na ilustração?

1 A VIDA EM FAMÍLIA

> E adorai a Alláh e nada lhe associeis. E tende benevolência com os pais e os parentes.
>
> **Alcorão** 4,36

A família é o primeiro grupo social do qual fazemos parte. No convívio com os membros da família aprendemos a nos relacionar com outras pessoas e a tratá-las com carinho. Aprendemos também que é preciso dialogar com elas e respeitá-las.

As pessoas mais velhas de uma família passam aos mais novos valores como confiança, paciência, honestidade, solidariedade, lealdade, compreensão, justiça e responsabilidade. E são essas ações que contribuem para uma boa convivência entre as pessoas.

Hoje, as famílias podem ser muito diferentes umas das outras. Além do modelo tradicional, composto de mãe, pai e filhos, existem outras possibilidades, como mães que cuidam dos filhos sozinhas, ou pais que fazem o mesmo, crianças que são criadas pelos avós ou outros parentes, famílias compostas de várias gerações que moram em uma mesma casa, entre muitas outras.

David Martins/Arquivo da editora

Seja qual for a configuração de uma família, o importante é saber que todas elas merecem respeito.

A vida em família contribui para o desenvolvimento das pessoas. Uma criança que cresce em um ambiente harmonioso, no abrigo de uma casa, tem mais chances de brincar, estudar e ser feliz.

- Em um pequeno texto, conte como é a sua família. Depois, leia para os colegas. Assim, eles terão a oportunidade de conhecer um pouco de sua família e você de conhecer a família deles.

Muitas crianças, porém, vivem de modo bem diferente. Algumas não têm família; outras, embora tenham família, são muito pobres. Também existem crianças que passam o dia na rua, dormem nas calçadas ou trabalham desde bem pequenas para ajudar em casa.

Per-Anders Pettersson/Getty Images

Em muitos locais, as crianças são obrigadas a trabalhar para que as famílias não passem ainda mais dificuldades. Crianças trabalhando em uma fábrica de tapetes, no Paquistão, em 2001.

NELSON ALMEIDA/Agência France Presse

Apesar de todos terem o direito a uma moradia digna, onde possam viver seguros, nem sempre esse direito é assegurado. No Brasil, ainda existem milhares de famílias que lutam por moradia. Crianças em acampamento em São Paulo (SP), em 2014.

Essas crianças não têm a oportunidade de crescer como você, porque precisam trabalhar, quando deveriam ir à escola. Sofrem violência, quando deveriam ser protegidas. No entanto, mesmo as crianças que vivem sem lar têm o direito de viver com dignidade, amor e proteção.

No Brasil, embora existam leis de proteção às crianças, como as que se encontram no **Estatuto da Criança e do Adolescente**, muitas vezes, elas não são cumpridas.

1 Será que a sociedade pode fazer alguma coisa para que essas leis sejam cumpridas? Qual é a sua opinião?

2 Faça a atividade *Tem alguma coisa errada* da **página 3** do **Caderno de criatividade e alegria**.

O aprendizado do amor e do respeito no relacionamento familiar leva as pessoas a se tornarem mais fortes, confiantes e felizes. É na família que se aprende, por exemplo, a amar e a respeitar as escolhas e as características de cada um.

Aprendemos que nem sempre temos razão, que devemos auxiliar aqueles que necessitam de ajuda, além de valorizar o que temos, de tratar bem os animais, respeitar a natureza e poder escolher uma religião ou uma filosofia de vida.

Cada família, de acordo com sua cultura e sua crença, escolhe a tradição religiosa que deseja seguir, ou até mesmo não seguir nenhuma. Essa escolha pode variar entre os membros de uma família, pois esse é um direito de cada um. No entanto, o afeto entre os familiares deve permanecer, pois toda família, independentemente de sua crença, precisa viver em harmonia, em um ambiente de compreensão e, acima de tudo, de amor e generosidade.

Ilustrações: David Martins/Arquivo da editora

As escolhas religiosas

Por meio das religiões aprendemos a nos relacionar melhor não apenas com os seres humanos, mas também com a natureza: todas as religiões nos ensinam os princípios do amor, da justiça e da igualdade. Muitas vezes, as pessoas que seguem religiões inspiram-se em líderes que falaram sobre esses princípios, como os mencionados a seguir.

Bridgeman Images/Fotoarena

Maomé, segundo os muçulmanos, foi o último profeta do Deus de Abraão (Alá). Esta pintura de um livro turco mostra Maomé recebendo do anjo Gabriel os ensinamentos de Alá.

Reprodução/Biblioteca Nacional da França, Departamento de Gravuras e Fotografia

Allan Kardec, pseudônimo usado pelo professor francês Hippolyte Léon Denizard Rivail para assinar o *Livro dos espíritos*, entre outros. Kardec foi um dos propagadores do espiritismo, religião que se baseia na reencarnação.

Weiming Xie/Shutterstock

Construída em 813, esta estátua de Buda, de 71 metros de altura, encontra-se próximo à cidade de Leshan, na China. Para os budistas, Buda era um ser iluminado (uma pessoa profundamente sábia e desapegada), que propunha a doutrina da libertação.

Sergey-73/Shutterstock

O Cristo Redentor de braços abertos no alto do Corcovado, no Rio de Janeiro (RJ), simboliza o acolhimento a todos os povos do mundo. Jesus Cristo, segundo os cristãos, é o Filho de Deus, que se encarnou para redimir a humanidade.

Atividades

1 Com relação ao texto que você leu na página anterior, responda.

a) Quais são os líderes religiosos citados no texto?

....

....

b) Algum desses líderes religiosos representa a doutrina que sua família segue? Qual?

....

....

2 Encontre no diagrama as palavras do quadro abaixo. Depois escolha, entre elas, a palavra que completa corretamente cada uma das frases dos itens a seguir.

respeitar	família	responsabilidade	unidas	amar

R	E	S	P	O	N	S	A	B	I	L	I	D	A	D	E
T	A	T	F	T	G	K	U	V	F	L	H	Z	Q	R	F
R	Q	Y	Z	C	X	L	B	U	N	I	D	A	S	W	Z
E	W	O	A	S	D	M	F	H	B	D	N	M	U	Q	Y
D	S	R	E	S	P	E	I	T	A	R	I	A	J	A	U
S	E	S	I	P	L	O	Ç	U	J	D	T	R	G	Z	L
W	F	A	M	I	L	I	A	O	P	E	Y	H	N	G	Ç

a) Quando temos um problema, podemos contar com a ajuda da

....

b) Na família aprendemos a .... as pessoas e a .... seus direitos. Também aprendemos a ter ....

c) As famílias não são iguais, mas todas elas precisam ser ....

Saiba mais

Festas religiosas

Nas festas religiosas, os cantos, as danças e as músicas não podem faltar. Elas unem as famílias nos rituais de suas crenças, além de fortificarem a fé e a união em suas tradições religiosas.

Joa Souza/Shutterstock

Multidão de fiéis festeja Iemanjá, a mãe de todos os orixás, na praia do rio Vermelho, em Salvador (BA), em 2020.

N. Antoine/Shutterstock

Cristãos católicos celebram o dia de Nossa Senhora Aparecida, padroeira do Brasil, no maior templo católico do país, em Aparecida (SP), em 2016.

VOCÊ EM AÇÃO

Felicidade familiar

1 Na vida em família aprendemos que o amor e a união são muito importantes para vivermos em harmonia e felizes. Para refletir sobre o relacionamento familiar, organizem-se em três grupos. Cada grupo deve responder a uma das perguntas a seguir.

1º grupo. O que você vê em uma família feliz?

2º grupo. O que você ouve em uma família feliz?

3º grupo. O que você sente em uma família feliz?

Cada grupo deve discutir a questão e anotar em uma folha à parte as ideias que surgirem. Todos têm a liberdade de dar sua opinião e nenhuma ideia deve ser descartada.

Selecionem as ideias, combinando-as umas com as outras até chegar às conclusões finais, que deverão ser apresentadas aos demais colegas da turma.

Depois de ouvirem a apresentação de cada grupo, preencham o quadro abaixo:

O que aprendi...
O que vejo em uma família feliz
O que ouço em uma família feliz
O que sinto em uma família feliz

2 Agora, escreva, individualmente, como você pode contribuir para que sua família viva o que você aprendeu.

....

....

....

Um ambiente familiar de felicidade, amor e compreensão é tão importante para o desenvolvimento das crianças que a Organização das Nações Unidas (ONU) proclamou o dia 15 de maio como o Dia Internacional das Famílias.

3 Desenhe em uma folha a sua família e escreva o que cada membro dela tem de especial. Registre também qual é a religião de sua família e faça um agradecimento ao Criador por ter uma família feliz. Depois, organize com os colegas um mural com o título "As famílias e suas religiões" para expor os desenhos da turma.

David Martins/Arquivo da editora

2 VOCÊ E O MUNDO

> Deposita sua fé em Deus, na sua bondade, na sua justiça e na sua sabedoria.
>
> **Allan Kardec**

Jesus ensinava com palavras e exemplos como viver no mundo com amor, conforme o projeto de Deus para a humanidade. Seus discípulos preocuparam-se em transmitir os ensinamentos do Mestre de forma escrita e falada, para que não fossem esquecidos pelo povo e fossem conhecidos por um maior número de pessoas. As partes principais desse conjunto de ideias e valores estão registradas na Bíblia, o livro sagrado dos cristãos.

Os livros sagrados são de grande valor para as religiões, porque contam a história de seus povos e suas experiências com o Criador. Por meio deles, as diferentes tradições religiosas buscam a justiça, a solidariedade e as orientações para o seu relacionamento com a natureza e com o próximo.

Reprodução/Museu Nacional de História, Dinamarca

O Sermão da Montanha, óleo sobre cobre de Carl Bloch, 1877. Jesus no Sermão da Montanha, uma de suas pregações mais famosas citadas na Bíblia.

Bushko Oleksandr/Shutterstock

A Bíblia é apenas um exemplo de livro sagrado. Muitas são as religiões e muitos são os livros sagrados.

Esses livros, que costumam ocupar um lugar especial nos templos e nas casas das pessoas, merecem o respeito de todos nós, mesmo que não sejam os livros sagrados de nossa religião ou crença.

A Bíblia cristã é um dos livros sagrados mais vendidos do mundo. Ela foi sendo escrita durante vários séculos, por muitas pessoas de diferentes épocas e usando diversas linguagens. Mas, segundo os que creem, sempre seguindo as inspirações divinas. Ela é dividida em duas partes: o Antigo Testamento e o Novo Testamento.

O **Antigo Testamento** traz a revelação feita por Deus aos patriarcas e profetas, antes de Jesus Cristo; o **Novo Testamento** contém a revelação divina apresentada por Jesus Cristo, além de sua história. Tudo isso contado pelos apóstolos e outros seguidores.

A Bíblia foi escrita em três línguas diferentes: hebraico, aramaico e grego. O hebraico sempre foi uma língua considerada sagrada, pelos judeus; o aramaico era a língua falada pelo povo, uma língua mais popular. Quando a Palestina foi conquistada pelos gregos, todos tiveram de aprender a falar a língua grega. A Bíblia só foi traduzida para outras línguas muitos anos depois de ter sido escrita.

A Bíblia nos ensina a importância que temos uns para os outros, não só no sentido religioso, mas em todos os momentos da vida. Nela, estão ensinamentos sobre religião e também sobre as situações do dia a dia, como um guia para a boa convivência com as outras pessoas e o ambiente.

Max Rossi/Reuters/Fotoarena

Líderes de diferentes religiões costumam se reunir, buscando estabelecer um diálogo para a construção dos direitos humanos em todas as partes do mundo. Papa Francisco cumprimentando o líder budista Bhaddanta Kumarabhivasma, durante evento em Mianmar, em 2017.

O Cânone Páli, um dos livros sagrados mais antigos, é baseado nos ensinamentos de Buda. O budismo nasceu na Índia. Da Índia, espalhou-se para outras regiões, alcançando inicialmente a China, o Tibete e o Japão. Com o passar dos anos, chegou ao mundo todo. Diferentemente do que ocorre em outras religiões, no budismo não existe apenas um livro sagrado igual para todos os povos que seguem essa crença: há outros cânones budistas, como o chinês e o tibetano.

Cânone Páli em placa de mármore, do século XIX, localizada em um pagode de Mianmar.

O judaísmo é uma das mais antigas religiões monoteístas, isto é, que creem em apenas uma divindade.

O Tanak é o conjunto de livros sagrados judaicos: Torá, Nebiim (profetas) e Ketubim (escritos). Para os judeus, a parte mais importante dele é a Torá, que significa **instrução** ou **caminho**. Ela contém os ensinamentos de Moisés e dos outros patriarcas e os mandamentos dados por Deus, além de passagens sobre a história do povo judaico, seus preceitos e orações.

Rolo da Torá, que faz parte das escrituras sagradas dos judeus, em sinagoga em Jerusalém.

O Alcorão é o livro sagrado do islamismo. Para os muçulmanos, o Alcorão representa a palavra de Deus, ditada pelo anjo Gabriel palavra por palavra ao profeta Maomé, o qual as transmitia aos discípulos, que registravam tudo. Ele é dividido em 114 suratas e contém as leis e os princípios do amor, da justiça e do perdão.

O Alcorão, livro sagrado do islamismo. Este exemplar foi feito em Medina, cidade considerada sagrada, pelos muçulmanos.

Nas sociedades muçulmanas, o Alcorão não é vendido, mas doado, em respeito ao conteúdo sagrado.

cânone: regra padrão da qual são extraídas as diversas regras específicas.
pagode: templo religioso budista.
surata: nome dado a cada uma das partes do Alcorão.

Atividades

1 Identifique as afirmações que contêm erros, escrevendo "falso" ou "verdadeiro". Depois reescreva essas frases corretamente.

a) Recebemos do Criador a sabedoria, mas não temos a capacidade de escolher nossos caminhos.

....

....

b) Por meio dos livros sagrados, as diversas tradições religiosas se orientam para viver melhor.

....

....

c) As religiões monoteístas são aquelas que creem em vários deuses.

....

....

d) O Alcorão é o livro sagrado dos muçulmanos; representa a palavra de Deus ditada pelo anjo Gabriel palavra por palavra a Jesus Cristo.

....

....

Ilustra Cartoon/Arquivo da editora

2 Complete a cruzadinha com as palavras a seguir, que indicam o caminho para um mundo mais solidário e feliz.

caridade	amor	paciência	solidariedade
justiça	perdão	paz	sabedoria

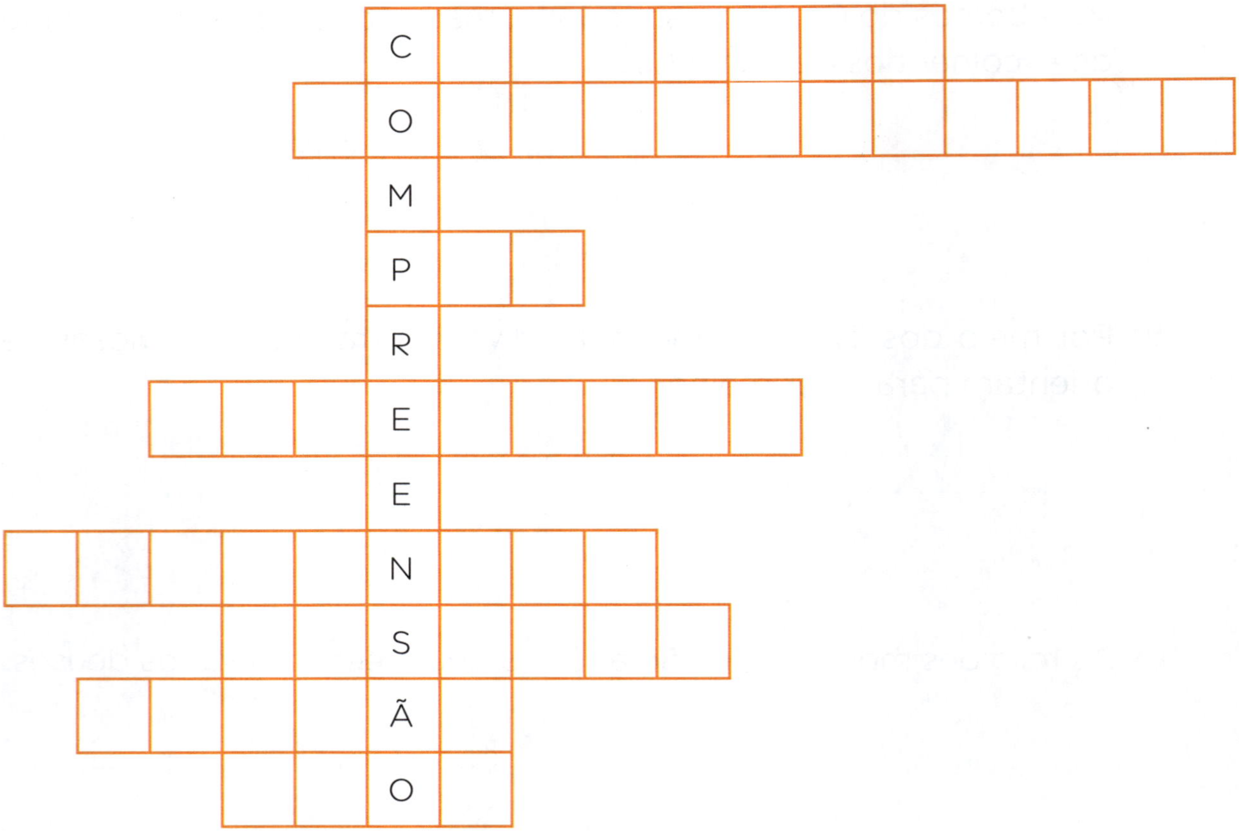

3 Com os conhecimentos que você adquiriu, relacione os livros sagrados com as descrições correspondentes:

A Alcorão

B Tanak

C Bíblia cristã

D Cânone Páli

[ ] Divide-se em Antigo e Novo Testamento.

[ ] Contém ensinamentos de Moisés.

[ ] Foi escrito pelo profeta Maomé.

[ ] Fundamenta-se nos ensinamentos de Buda.

☐ É dividido em suratas e contém as leis do amor, da justiça e do perdão.

☐ Conta passagens da história dos judeus.

☐ Fala dos ensinamentos de Jesus Cristo, de coisas do dia a dia, de convivência.

Saiba mais +

Vivendo como irmãos

No mundo atual, todo cidadão tem o direito de escolher a religião que vai seguir. Mas deve saber também que há diversas maneiras de compreender a religião, e que não existe uma verdade que pertença somente a um grupo, e não a outro.

No entanto, ainda há grupos religiosos que desrespeitam a liberdade de culto, e, apesar de existir um diálogo inter-religioso, os conflitos religiosos continuam a ocorrer no mundo inteiro.

No Oriente Médio, guerras religiosas ocorrem entre árabes e judeus. No Brasil, alguns evangélicos pentecostais não convivem bem com as religiões tradicionais (indígenas, por exemplo) e as afro-brasileiras.

É importante que as pessoas aprendam a respeitar a diversidade de culto e a aceitar o direito de crer de cada pessoa. É preciso que todos vivam como irmãos, buscando a tolerância, o perdão e aceitando as diferenças, porque todos temos o mesmo Criador.

A turma da Mônica em **Estatuto da Criança e do Adolescente**, tirinha: toda criança tem o direito de escolher sua religião.

Oração

Por meio da oração, o ser humano procura abrandar suas angústias e tristezas e aproximar-se do Ser Supremo, buscando a paz e a alegria. A pessoa que ora se prepara para ouvir o que sua divindade tem a lhe dizer, recolhendo-se para o silêncio e a meditação.

A oração é como uma luz que ilumina nosso coração e nos faz crescer, como cresce uma árvore à beira de um rio, tornando-nos fortes, fecundos e cheios de coragem para partilhar as luzes e forças recebidas.

Observe a seguir dois exemplos de como as religiões, cada uma do seu jeito, realizam suas orações.

Aos 12 anos, o mestre budista Hsing Yün percebeu que suas orações o tornavam mais forte e aumentavam sua fé. Por isso ele fez um voto de compor orações que ajudassem as pessoas a elevar sua fé, a desenvolver virtudes, a se comunicar com os budas e a compreender as necessidades de todos os seres.

ARZTSAMUI/Shutterstock

Durante o Festival de Ano-Novo, os monges budistas costumam acender velas e rezar pedindo que todos os seres vivos encontrem a paz. Templo Phan Tao, na Tailândia, em 2013.

Prece budista para a paz mundial

[...]

Ó grande e compassivo Buda!

Permite que pessoas de diferentes gerações

Vivam em harmonia;

Permite que pessoas de diferentes classes sociais

Tenham respeito mútuo;

Permite que pessoas de diferentes profissões

Trabalhem em cooperação;

Permite que pessoas de diferentes religiões

Exerçam suas crenças com tolerância.

[...]

Prece para a paz mundial, de Hsing Yün. **Orações e preces: Templo ZuLai**. Disponível em: <www.templozulai.org.br/prece-para-paz-mundial>. Acesso em: 16 dez. 2019.

Para os muçulmanos a oração é um conjunto de movimentos e de palavras rituais realizados em horários fixos, cinco vezes ao dia. A súplica pode ser feita em qualquer lugar, a qualquer hora. É uma maneira de agradecer, pedir ajuda, misericórdia e perdão a Alá (Deus).

Oneinchpunch/Alamy/Fotoarena

O momento mais sagrado da *salat* (oração muçulmana) é quando o fiel se inclina e encosta no chão a testa, a ponta do nariz, as palmas das mãos, os joelhos e os dedos dos pés, pois nesse momento ele está em contato direto com Alá. Homem rezando no deserto de Dubai, nos Emirados Árabes Unidos, em 2019.

Súplica recomendada após toda oração

Glória àquele que não oprime as criaturas de seu reino; glória àquele que não inflige severa punição; glória ao Compassivo e Misericordioso. Ó Deus coloca no meu coração a luz, a visão (espiritual), o entendimento e o conhecimento. Em verdade tu deténs o poder sobre todas as coisas. Que a bênção de Deus esteja sobre o Profeta e sobre sua família bondosa e purificada.

Súplica recomendada após toda oração. **Associação Religiosa Beneficente Islâmica do Brasil.** Disponível em: <www.mesquitadobras.org.br/not_vis.php?op=136&cod=13&pagina=0>. Acesso em: 16 dez. 2019.

1 Compartilhe com os colegas uma oração que você conheça. Depois, diga a eles em que momento você costuma fazê-la.

2 Faça o que se pede, abaixo.

a) Em uma folha avulsa, escreva uma oração para pedir algo para a sua vida ou para o mundo, ou apenas para agradecer.

b) Ilustre essa folha com desenhos bem criativos para demonstrar sua alegria e gratidão ao Criador.

c) Leia sua oração para os colegas e ouça as orações que eles escreveram. Note que existem muitas formas diferentes de orar.

d) Com os colegas, enfeite o mural da sala de aula com os desenhos e as orações de toda a turma.

3 CRESCER NO AMOR

> Somos bons quando fazemos os outros melhores.
>
> **Provérbio russo**

O que é amar? Amar é pensar no outro, é querer e fazer o bem!

Falar de amor é, ao mesmo tempo, um impulso e um desafio, e a mais importante lição que podemos receber é compreender o verdadeiro significado do amor.

As principais religiões do mundo pregam a ideia de que o amor é a base de suas doutrinas, porque em toda e qualquer tradição religiosa o amor ao Criador está acima de tudo.

Ninguém pode dizer que ama a Deus se não amar o próximo. E, em nome desse amor, muitas ações são realizadas para promover a paz e a inclusão social dos menos favorecidos.

JOHAN ORDONEZ/Agência France-Presse

A 34ª Jornada da Juventude ocorreu no Panamá, em 2019. O evento contou com a participação de milhares de pessoas provenientes de 155 países, todos, junto com o papa, rezando por um mundo com mais amor e solidariedade.

A pregação do papa (líder da Igreja católica) por paz, confiança e força na humanidade encantou o mundo. Em 2013, nós, brasileiros, sentimos esse impulso de perto, quando o papa conduziu a 28ª Jornada Mundial da Juventude no Rio de Janeiro, mostrando a simplicidade e a capacidade de expressar amor.

Muitas ações e projetos são realizados para que o mundo se torne melhor! Religiões, empresas e membros da sociedade civil se organizam para dar exemplos práticos de amor, ao promover ações estratégicas para mudar a situação daquelas pessoas que necessitam de ajuda de diversos tipos, como alimentação e educação.

- Você acha importante que as pessoas reflitam sobre o sentido do amor? Por quê?

O amor verdadeiro exige de cada pessoa responsabilidade, humanidade, proteção, diálogo e respeito. O amor também não tolera o *bullying*, uma prática que, infelizmente, pode ocorrer em qualquer faixa etária e lugar, quando não há amor e respeito ao próximo.

Amar é desejar a felicidade do outro. É cuidar de si mesmo, da natureza e da humanidade, e crescer com dignidade, sabedoria, humildade, aceitando e respeitando as diferenças.

O cuidado com o corpo e a saúde também é um ato de amor, porque a vida humana tem um valor sagrado: o Criador está em sua origem.

Kzenon/Shutterstock

O cuidado com a alimentação é uma das formas de amar o nosso corpo. Quando comemos mais frutas e legumes, estamos ingerindo nutrientes, vitaminas e minerais que farão com que o corpo funcione melhor.

wavebreakmedia/Shutterstock

Outra forma de deixar o corpo saudável é praticar esportes. Atividades físicas deixam nosso corpo mais forte e resistente e, quando as praticamos com frequência, evitam muitas doenças no presente e no futuro.

- Você já passou ou presenciou alguém passando por alguma situação de *bullying*? Converse com o professor e os colegas sobre como combater essa prática.

As religiões e o amor

O amor é a palavra-chave de todas as religiões. Na tradição judaico--cristã, o primeiro mandamento é o amor a Deus.

> Amarás o Senhor teu Deus com todo o coração, com toda a alma, com todas as forças.
>
> **Deuteronômio** 6,5

Na tradição islâmica, o Alcorão também recomenda amar a Deus.

> O homem bom é aquele que crê em Deus... Aquele que, por amor a Deus, dá de seus bens ao próximo, aos órfãos, aos pobres.
>
> **Alcorão** 2,177

Na tradição hindu, ama-se o Criador por meio de todos os seres da criação.

> Em verdade te digo que aquele que Me vê em tudo e todo o Universo em Mim nunca Me abandonará e nunca será por Mim abandonado. Para sempre estará ligado a Mim, pelos laços preciosos do Amor. Quem Me reconhece em todos os seres ama-Me e comigo se une, participa da vida eterna do Meu Ser, qualquer que seja o seu modo de vida exterior neste mundo.
>
> **Bhagavad Gita** 6,30-31

Na Bíblia, encontramos ainda palavras que condenam o ódio e a hostilidade.

> Feliz de quem não se desvia segundo o conselho dos ímpios, não se detém no caminho dos pecadores e não se assenta na reunião dos zombadores.
>
> **Salmos** 1,1

Por essa razão, devemos sempre rever nossa maneira de amar ao próximo e a Deus. Para seguir Seus ensinamentos, devemos cuidar para que nossas palavras e atitudes não afastem nem magoem nossos irmãos.

Camila de Godoy/Arquivo da editora

Ritos de passagem: casamento

Os ritos de passagem são todos os rituais ou celebrações que marcam a passagem para uma nova etapa da vida. São as cerimônias festivas ou religiosas, como os ritos de nascimento, a chegada à idade adulta, o casamento, entre outros.

Em todas as tradições religiosas, o ritual do casamento, por exemplo, simboliza a decisão de duas pessoas que se amam de compartilhar a vida e formar uma família, comprometendo-se a viver unidas pelo sentimento do amor.

Rafael Ben Ari/Alamy/Fotoarena

Rabino abençoa noivos em cerimônia de casamento judaica ortodoxa em sinagoga de Auckland, na Nova Zelândia, em 2018.

SOMNATH MAHATA/Shutterstock

Noiva indiana esconde o rosto com folha de bétele durante casamento hindu em Midnapore, na Índia, em 2019. A folha de bétele simboliza respeito e prosperidade.

1 Faça uma pesquisa na internet para conhecer outros ritos de passagem. Traga o resultado da pesquisa na próxima aula, mostre aos colegas e converse com eles sobre o que você descobriu.

2 Faça a atividade *Porta-retratos* da **página 5** do **Caderno de criatividade e alegria**.

Amor aos idosos

Na correria do mundo atual, em que as pessoas trabalham, cuidam da casa, dos filhos e estudam, muitas vezes, elas ainda precisam dar atenção aos familiares idosos. Esse momento, no entanto, pode ser visto como a oportunidade que filhos e netos têm de retribuir o amor, a afeição e os cuidados recebidos durante a vida.

As crianças, por exemplo, ao conviver com os avós, recebem deles amor, apoio e ensinamentos. Muitos avós oferecem não apenas cuidados, mas também formação e valores aos netos.

Os avós também ganham muito com essa relação quando a sabedoria e a experiência deles são respeitadas, pois o convívio com os netos pode diminuir a sensação de solidão dos idosos e dar um sentido à vida deles.

É muito importante tratar as pessoas idosas com respeito e de forma acolhedora. Muitos idosos que não têm família ainda assim conseguem viver bem, porque estabelecem uma boa convivência com pessoas amigas.

David Martins/Arquivo da editora

- Observe as ilustrações desta página e responda:

  a) Você mora perto de seus avós?

  b) Já vivenciou com seus avós alguma das cenas apresentadas nas imagens? Qual? Conte sua experiência aos colegas!

Nas culturas japonesa e chinesa a velhice sempre foi vista como o tempo da sabedoria, do coroamento das experiências vividas.

Os japoneses consideram muito importantes os conselhos sábios e experientes das pessoas idosas, por isso costumam consultá-las nos momentos de uma grande decisão. Nas sociedades antigas, os idosos eram fonte de inspiração para os demais.

No Japão, o aniversário dos idosos é celebrado com solenidade e alegria. Os japoneses também criaram um feriado nacional para comemorar o Dia do Respeito ao Idoso (*Keiro no Hi*).

Na cultura indígena, os jovens sentem orgulho em reconhecer nos mais velhos a sabedoria. São as pessoas idosas que desempenham a função de transmitir aos mais jovens os saberes de sua cultura.

KAZUHIRO NOGI/Agência France-Presse

No Dia do Respeito ao Idoso, os japoneses saem às ruas para fazer atividades físicas e comemorar a longevidade. Em Tóquio, capital do Japão, as atividades acontecem por toda a cidade, para que mais pessoas possam participar. Foto de 2016.

Fabio Colombini/Acervo do fotógrafo

Crianças Kalapalo ouvindo o cacique na aldeia Aiha, no Parque Indígena do Xingu (MG), em 2018. Nesses momentos, os mais jovens aprendem sobre cultura, tradições, crenças e costumes do povo. Tudo isso colabora para a boa convivência.

Infelizmente situações opostas ocorrem em várias partes do mundo, em culturas que, embora se considerem muito desenvolvidas, abandonam seus idosos em triste situação, em que são até mesmo vítimas de maus-tratos.

1 Qual é a sua opinião sobre as sociedades que deixam os idosos em situação difícil?

2 Converse com os colegas sobre como as pessoas deveriam agir para evitar esse tipo de situação.

Atividades

1 Assinale com um **X** as atitudes que demonstram crescimento. Em cada item você pode assinalar as duas colunas, se achar conveniente.

		I		II
a) Convivência com a natureza		Derrubar matas, poluir as águas e matar todos os peixes.		Respeitar a natureza e cuidar dela.
b) Convivência na escola		Estudar para conhecer e aceitar as diferenças culturais.		Colaborar com os colegas e os professores.
c) Convivência com a comunidade		Aceitar e respeitar todas as religiões.		Declarar que a sua religião é a única que importa.
d) Convivência com a família		Colaborar nas tarefas de casa, amar e respeitar os pais.		Deixar que os adultos façam todo o serviço da casa.
e) Convivência com pessoas de diferentes religiões		Dizer que só a sua religião é que merece respeito.		Aceitar e respeitar as diferenças.
f) Convivência com deficientes físicos, auditivos e visuais		Ser solidário e amigo.		Ajudar e respeitar.

2 Reflita sobre a situação a seguir e responda às perguntas.

Um menino de 9 anos não quer ir mais à escola e sua mãe quis saber por quê. Ele não teve coragem de dizer que é maltratado pelos colegas, que o ofendem e o fazem sofrer, só porque ele e sua família frequentam um terreiro de candomblé.

a) O que você acha que está acontecendo com ele?

b) Converse com os colegas sobre o que poderia ser feito para mudar essa situação.

3 Praticar *bullying*, discriminação ou violência em virtude da condição social, física ou religiosa de alguém é um ato de desamor.

Escreva no quadro abaixo palavras que combinem com esta regra de ouro: "Trate os outros como gostas que te tratem".

VOCÊ EM AÇÃO

Devemos amar, nunca julgar

É muito comum as pessoas julgarem os outros pela aparência. Essa visão superficial e distorcida sobre alguém revela que muitos deixam de lado o que é realmente importante: o que somos por dentro.

Ser bonito por dentro é mais importante do que ser bonito por fora. Ser bonito por dentro é crescer com amor no coração, é viver com bondade e alegria e ser misericordioso.

misericordioso: bondoso, caridoso.

1 Na sua opinião, o que torna as pessoas mais bonitas por dentro? Compartilhe com os colegas o que você pensa sobre isso.

2 Como você terminaria estes diálogos? Escreva sua resposta nos balões vazios.

a)

b)

Ilustrações: David Martins/Arquivo da editora

c)

Ilustrações: David Martins/Arquivo da editora

d)

O amor deve estar sempre presente em nossa vida!

3 Leia este texto da Bíblia com o professor e os colegas.

> O amor é tolerante, é benévolo o amor.
>
> Não é invejoso, não se ostenta, não se incha de orgulho.
>
> Não se comporta de forma inconveniente, não busca seu próprio interesse, não se irrita, não leva em conta o mal.
>
> Não se alegra com a injustiça, mas se regozija com a verdade.
>
> Tudo suporta, tudo crê, tudo espera, tudo tolera.

1ª Carta aos Coríntios 13,4-7. **A Bíblia**: Novo Testamento. São Paulo: Paulinas, 2015. p. 420.

a) Agora, seja criativo e faça em uma folha à parte uma sequência de até seis quadrinhos para representar o que significa o amor para você.

b) Compartilhe com os colegas os seus desenhos e conte o que eles representam.

4 RESPEITO À NATUREZA

David Martins/Arquivo da editora

No princípio

Deus criou o céu e a terra. Ela estava deserta e vazia, e as trevas cobriam os abismos.

Então Deus disse: "Faça-se a luz". E a luz brilhou. Deus separou a luz e as trevas e assim surgiram o dia e a noite.

Deus criou o Sol, a Lua, a água, as plantas e os animais.

Ele viu que tudo era bom, então criou o homem e a mulher. Abençoou-os e disse: "Crescei e multiplicai-vos, enchei e dominai a Terra".

Gênesis 1,1-20

O texto acima é um dos mitos da criação do mundo segundo a Bíblia, o livro sagrado dos cristãos.

Primeiro, Deus criou o mundo, depois nos criou e nos deu a vida e a natureza para que cuidássemos delas.

Essa narrativa religiosa da criação é chamada de **criacionista**. Embora essa teoria seja a mais aceita, ela não é a única, pois cada religião elabora uma versão própria dessa narrativa.

Leia a seguir um texto sobre o surgimento da humanidade, segundo os Desana, povo indígena que vive às margens do rio Uaupés, na fronteira do Brasil com a Colômbia.

Para os Desana, a humanidade inteira tem a mesma origem. Contam que no princípio, quando o mundo não existia, uma mulher conhecida como *Yebá Buró*, ou a Avó do Mundo, gerou cinco homens Trovões. Eles é que deveriam criar a futura humanidade, mas não conseguiram. Então ela criou o Bisneto do Mundo, *Yebá Gõãmu*, e depois seu irmão, *Umukomahsu Boreka*.

Os dois irmãos e o Terceiro Trovão saíram para criar a futura humanidade e para isso levaram todas as riquezas que possuíam. O Terceiro Trovão se transformou em uma cobra grande e desceu até o fundo do Lago de Leite. Essa cobra, também chamada de Canoa de Transformação, tinha os dois irmãos como comandantes e se deslocava como um submarino.

Beto Ricardo/Instituto Socioambiental

Cobra grande pintada na parede da sede da Associação Escola Indígena Tuyuka Utapinopona (AEITU), na comunidade São Pedro, na terra indígena alto Rio Negro (AM), 2005. A figura da cobra está presente em mitos de diversos povos indígenas.

Eles criaram casas embaixo d'água e em cada lugar que paravam faziam rituais com as riquezas que haviam levado. Estas riquezas se transformaram em gente. Depois disso, os irmãos criaram as línguas dos diferentes grupos que ainda hoje vivem na região do alto rio Negro.

Na volta, a Canoa de Transformação levou os humanos até uma cachoeira. Foi lá que eles pisaram na terra pela primeira vez. *Yebá Gõãmu*, o Bisneto do Mundo, não foi à terra, mas deu origem ao chefe dos Tukano, que foi o primeiro a descer da cobra-canoa. Depois foi *Boreka*, o chefe dos Desana, que desceu. O terceiro foi o chefe dos Pira-Tapuya, o quarto o dos Siriano, o quinto foi o chefe dos Baniwa e o sexto a sair foi o chefe dos Maku. O Bisneto do Mundo deu a todos eles alguns objetos e o poder de serem tranquilos, de fazerem grandes festas e de conviverem bem com muita gente.

O sétimo a sair foi o homem branco que tinha uma espingarda na mão. *Yebá Gõãmu* não lhe deu bens, mas disse que seria uma pessoa sem medo, que faria guerra para roubar a riqueza dos outros. O branco depois de dar um tiro com sua espingarda seguiu em direção ao sul para fazer guerra.

Como contam os Desana? **Povos indígenas do Brasil mirim**. Disponível em: <https://mirim.org/como-vivem/mitos>. Acesso em: 16 dez. 2019.

Na mitologia africana há inúmeros mitos sobre a origem dos seres humanos, como este que você vai ler a seguir.

O mito macua dos dois buracos na terra

Os macuas estão espalhados pelo norte de Moçambique e Tanzânia e tradicionalmente cultuam um ser supremo chamado Muluco. No princípio de tudo, deus, ou Muluco, fez dois buracos na terra, de onde saíram um homem e uma mulher.

Muluco deu a este primeiro homem e a esta primeira mulher todas as condições para que se instalassem num determinado território e tivessem meios de subsistência. Deu-lhes terra boa para plantar e enxada, machado para conseguirem madeira para construírem sua casa e obter fogo, panelas, pratos e algumas espigas de milho.

O primeiro casal da humanidade estava com a faca e o queijo na mão, como se diz. Tinha tudo de que necessitava para ali prosperar e gerar descendentes.

Porém, tal como Adão e Eva, o casal macua desobedeceu Muluco. Em vez de construir sua casa e cultivar a terra, os dois comeram o milho cru, quebraram os pratos, jogaram lixo nas panelas e foram viver no meio do mato.

O que Muluco fez? Como punição, chamou o primeiro macaco e a primeira macaca e deu a eles tudo o que tinha dado ao casal humano: ferramentas, terra, milho. E o casal de macacos, ao contrário dos humanos, trabalhou. Muluco, então, tirou os rabos do macaco e da macaca e colocou-os nos humanos. E disse aos macacos: “Sejam homens!”. E aos humanos: “Sejam macacos!”. E assim se fez.

Conheça 4 mitos africanos sobre a origem dos seres humanos. **Hipercultura**. Disponível em: <www.hipercultura.com/mitos-africanos-origem-seres-humanos/>. Acesso em: 13 dez. 2019.

Existem também explicações científicas sobre a vida no mundo, como a de Charles Darwin, cientista inglês do século XIX, autor do livro **A origem das espécies**. Nessa obra, ele defende a teoria do **evolucionismo**, isto é, a ideia de que as espécies evoluem de forma contínua. Segundo Darwin, o ser humano e o macaco evoluíram a partir da mesma espécie.

A ciência afirma que o momento inicial do surgimento do Universo é o chamado *big bang*, que ocorreu há aproximadamente 13 bilhões de anos. Munida de tecnologia e inovação, a ciência ocupa-se em explicar como surgiu o mundo, mas não pode nos explicar a razão desse surgimento.

A religião nos diz que o mundo foi criado por Deus, mas a explicação vai além da mente humana e é uma questão de crença, de fé.

- Você conhece outro mito ou teoria sobre o surgimento da vida, da humanidade ou do Universo? Partilhe com os colegas.

Atividades

1 Cada cultura, de acordo com suas tradições, tem uma maneira de ver a criação do mundo. Escolha uma das que foram apresentadas nas páginas anteriores e ilustre aquela de que você mais gostou.

2 Leia o texto e complete a cruzadinha com as palavras destacadas:

O ser humano sempre quis conhecer a sua origem. Muitas ideias fazem parte da tradição cultural dos povos.

Os seguidores das religiões monoteístas, que creem em um único Deus, que é eterno, sem princípio nem fim, acreditam que ele é o criador do Universo. Outros defendem a ideia do evolucionismo, e não acreditam em um Criador.

Muitas outras tradições religiosas têm sua própria maneira de explicar o surgimento do mundo.

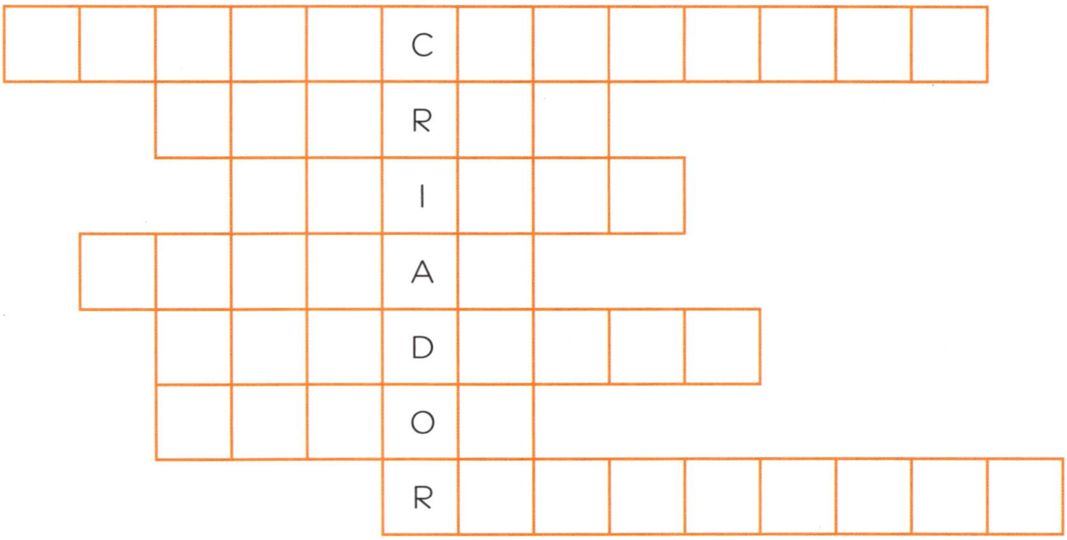

3 Forme um grupo com até quatro colegas e leiam o texto a seguir.

Se eu pudesse, daria um globo terrestre a cada criança...

Se possível, até um globo luminoso, na esperança de alargar ao máximo a visão infantil e de ir despertando interesse e amor por todos os povos, todas as raças, todas as línguas, todas as religiões!...

Mil razões para viver, de Dom Hélder Câmara. Rio de Janeiro: Civilização Brasileira, 1979.

- Agora, façam um cartaz sobre o tema "O mundo com que sonhamos". Desenhem ou procurem imagens e elaborem textos curtos ou poemas para compor o cartaz.

4 Leia o texto a seguir.

Ao ser humano
o mundo foi confiado.
Mas ele queima as florestas,
mata os animais,
polui as águas,
destrói a natureza
e caminha para o fim dos tempos.
A vida é o maior bem que recebemos.
E, para preservá-la, precisamos cuidar
de tudo o que existe em torno de nós.

Texto elaborado especialmente para esta obra.

- Crie um poema que fale de ações contrárias às do poema que você leu, que significam destruição, para mostrar como o poema e também o próprio mundo poderiam ficar melhor.

5 Observe as imagens e assinale com **X** aquelas que retratem cenas que não deveriam existir.

Bruno Rocha/Fotoarena

Área desmatada próximo a Porto Velho (RO), em 2019.

Tales Azzi/Pulsar Imagens

Trecho preservado de Mata Atlântica, em Guaraqueçaba (PR), em 2019.

Roberto Casimiro/Fotoarena

Lixo e sujeira deixados na praia Armação de Itapocoroy (SC), em 2019.

Roberto Filho/Fotoarena

Esquina tomada por lixo no Rio de Janeiro (RJ), em 2014.

6 O que você pensa sobre as cenas que assinalou na atividade anterior? Como esses problemas poderiam ser resolvidos? Registre sua opinião.

....

....

....

....

....

O TEMA É...

Religiões em defesa do meio ambiente

O propósito de todas as religiões é meditar sobre os dons da criação e adotar um novo estilo de vida que respeite a natureza e saiba enfrentar os desafios ambientais.

A natureza é indispensável. Na umbanda, por exemplo, seus adeptos afirmam:

Dreamearth/Shutterstock

> Zelar pelo *habitat* de nossos orixás é a melhor homenagem que lhes podemos prestar.
>
> [...]
>
> Os orixás da umbanda vinculam-se às forças da natureza e, assim, o ar é de Oxalá, as pedreiras são de Xangô, o mar azul é de Iemanjá, os rios e cachoeiras são de Oxum, as chuvas de Iansã, as matas e a fauna de Oxóssi, os metais ferro e manganês de Ogum.

Umbanda sustentável – Direito ambiental, de Paulo Santana. **Oferenda e ecologia**. Disponível em: <https://umbandaluzdejorge.wixsite.com/umbandaluzdejorge/oferendas-e-ecologia>. Acesso em: 28 maio 2020.

O papa Francisco, líder da Igreja católica, em sua encíclica *Laudato Si*, faz um apelo à mudança e à união de todas as nações para combater a destruição ambiental e as alterações climáticas.

encíclica: carta doutrinária.

YuryKara/Shutterstock

A poluição é responsável por diversos problemas de saúde. A poluição do ar pode causar, por exemplo, problemas respiratórios e cardiovasculares. Fábrica em Moscou, na Rússia, liberando fumaça, em 2020.

Precisamos de um debate que nos una a todos, porque o desafio ambiental, que vivemos, e as suas raízes humanas dizem respeito e têm impacto sobre todos nós. O movimento ecológico mundial já percorreu um longo e rico caminho, tendo gerado numerosas agregações de cidadãos que ajudaram na [...] [conscientização]. Infelizmente, muitos esforços na busca de soluções concretas para a crise ambiental acabam, com frequência, frustrados [...]. Precisamos de nova solidariedade universal. Como disseram os bispos da África do Sul, "são necessários os talentos e o envolvimento de **todos** para reparar o dano causado pelos humanos sobre a criação de Deus". Todos podemos colaborar, como instrumentos de Deus, no cuidado da criação, cada um a partir da sua cultura, experiência, iniciativas e capacidades.

LMspencer/Shutterstock

Esta imagem da natureza exuberante alegra o nosso coração e faz bem aos nossos olhos. Cachoeira Casca D'Anta, na Serra da Canastra, estado de Minas Gerais, em 2019.

Carta encíclica Laudato Si' do Santo Padre Francisco sobre o cuidado da casa comum. Disponível em: <http://www.vatican.va/content/francesco/pt/encyclicals/documents/papa-francesco_20150524_enciclica-laudato-si.html>. Acesso em: 28 maio 2020.

1 Como você se sente ao ver tantas ações que podem provocar a destruição do mundo?

....

....

....

2 Converse com os colegas sobre soluções que possam diminuir tanta poluição.

3 Em dupla, pesquisem sobre como outras religiões se empenham para cuidar da natureza.
Depois, elaborem um cartaz sobre a pesquisa feita.
Por fim, compartilhem com os colegas de turma os conhecimentos que vocês obtiveram nessa pesquisa.

UNIDADE 2

UM POUCO DE HISTÓRIA

Entre nesta roda

- Descreva o que está acontecendo nesta cena.
- Que tipo de história você mais gosta de ouvir?
- Já ouviu histórias em roda, como na imagem?

Marcos de Mello/Arquivo da editora

Nesta Unidade vamos estudar...

- Histórias para contar e aprender
- Religiões, uma força superior
- Leis que indicam caminhos para o bem
- Conquistas que nos fazem crescer

5 OUVINDO HISTÓRIAS...

> Feliz o homem que acha a sabedoria, e o homem que adquire conhecimento.
>
> **Provérbios** 3,13

Com o professor e os colegas, leia o texto a seguir.

Parábola do semeador

Um homem saiu para semear. Enquanto semeava, uma parte das sementes caiu à beira do caminho. Vieram os passarinhos e comeram tudo.

Outra parte caiu em terreno pedregoso, onde não havia muita terra, e brotou logo, porque a terra não era profunda. Porém, quando saiu o Sol, os brotos se queimaram e secaram porque não tinham raízes.

Outra parte caiu no meio dos espinhos. Os espinhos cresceram, sufocaram a planta, e ela não deu fruto.

Outra parte, finalmente, caiu em terra boa e deu fruto, brotando e crescendo. E Jesus dizia: "Quem tiver ouvidos para ouvir, que ouça!".

Marcos 4,3-9

A história do semeador, na verdade, é uma parábola, isto é, uma narrativa que, indiretamente, transmite uma mensagem ou ensinamento. Jesus gostava de contar parábolas para transmitir todos os ensinamentos a respeito do projeto de Deus para os seres humanos. Ele falava sobre o amor, a amizade e o perdão de uma forma simples. O uso da parábola era um jeito de ensinar muito comum no tempo em que Jesus Cristo esteve na Terra.

- Compartilhe com os colegas e o professor o que você compreendeu da parábola do semeador.

Devemos refletir sobre as parábolas cristãs, pois elas podem nos levar à transformação, à mudança de atitude. Mas, para que as mudanças ocorram de fato, é preciso haver ação. Assim, podemos nos perguntar:

- Como entendemos a palavra **mensagem**?
- Como estamos agindo? Estamos sendo como o chão duro ou como a terra boa, que acolhe as sementes para que elas brotem?
- Estamos nos recusando a ouvir ou estamos acolhendo boas mensagens e transmitindo-as aos outros?

David Martins/Arquivo da Editora

Muitas histórias, lendas e crenças trazem ensinamentos e exemplos de atitudes de amor, solidariedade e respeito, e há também exemplos do que acontece quando há desamor, egoísmo e inveja.

Por meio de parábolas e histórias, podemos obter ensinamentos que nos ajudem a:

- compreender e amar a humanidade;
- aprender a respeitar a natureza;
- proteger a vida;
- dar bons exemplos;
- transformar a sociedade.

- Você conhece outra parábola ou história com a qual tenha aprendido algo? Compartilhe com os colegas e o professor.

Histórias

História é a ciência que estuda as ações da humanidade em um espaço e período de tempo determinados. Esse conhecimento é essencial para compreendermos algumas situações ou problemas da atualidade e para nos tornarmos cidadãos mais críticos e conscientes.

Hoje, muitas histórias são contadas nos livros, na televisão, no cinema, na internet... Existem várias maneiras de contar uma história. Algumas estão gravadas na memória e são passadas oralmente de geração em geração.

Antes do surgimento da escrita ou de ela se tornar acessível à maioria das pessoas, as tradições religiosas de indígenas, cristãos, judeus e de muitos outros povos eram transmitidas por meio da linguagem oral, das danças e das músicas.

Até hoje, com todos os avanços da tecnologia, a linguagem oral continua sendo um importante instrumento de comunicação.

A vida de cada um de nós também pode ser considerada uma história, que precisa ser ouvida, respeitada e contada.

É importante que os seres humanos aprendam uns com os outros, vendo nas histórias motivo para se transformar, para compartilhar, para amar e aprender. Assim, nos tornamos mais dispostos a fazer mudanças interiores e a trabalhar por um mundo melhor e uma sociedade mais justa.

Seja qual for a sua história, sempre será possível torná-la melhor.

Suzanne Kreiter/The Boston Globe/Getty Images

Paulette Brown, primeira mulher afrodescendente a se tornar presidente da American Bar Association (ABA), organização voluntária de advogados e estudantes de direito dos Estados Unidos, em 2015.

PPI via ZUMA Wire/Glow Images

Vendedor de guarda-chuvas em Peshawar, Paquistão, em 2020.

Imagine como a história de vida dessas pessoas deve ser diferente uma da outra. Certamente, elas têm experiências alegres e também experiências tristes para contar.

Atividades

1 O bom semeador só lança ao solo boas sementes, mas outras sementes também podem brotar. Risque todas as sementes que não devemos deixar crescer em nosso coração.

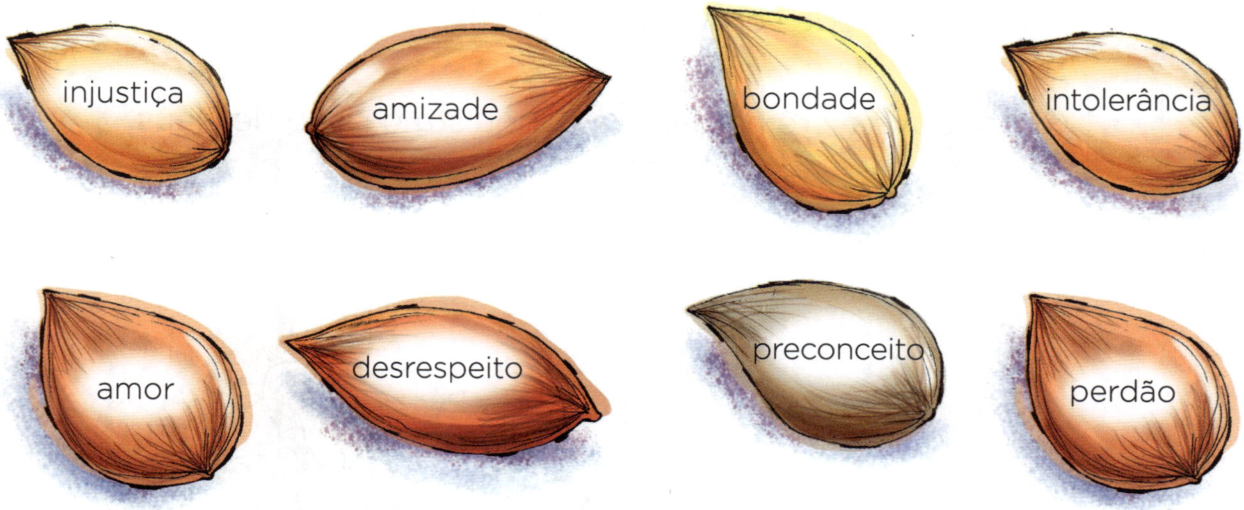

José Luís Juhas/Arquivo da editora

2 Abaixo, represente a **Parábola do semeador** em formato de tirinha.

3 Por meio da **Parábola do semeador** podemos dizer que:

☐ O reino de Deus é comparado à semente que germina e cresce.

☐ A boa semente germina em qualquer terreno.

☐ O coração pode ser terra boa ou má.

☐ Quem ouve e crê na palavra conquista o reino de Deus.

4 Escreva nos vasos o que você pode semear:

Ilustrações: José Luís Juhas/Arquivo da editora

5 Faça a atividade *Contando histórias* da **página 9** do **Caderno de criatividade e alegria**.

Saiba mais

Conhecendo um pouco de História

A Arqueologia estuda as sociedades humanas antigas por meio dos vestígios que elas deixaram. Assim, a ciência e a técnica se unem para reconstruir materiais das civilizações antigas e trazer conhecimentos do passado coletivo. Arqueologia é o refazer dos acontecimentos.

A Arqueologia bíblica estuda materiais relacionados aos relatos bíblicos. Dessa forma, aproxima a ciência das revelações contidas na Sagrada Escritura. A região mais estudada é denominada Terra Santa, localizada no Oriente Médio.

Reprodução/Israel Antiquities Authority 1993

Os manuscritos do mar Morto encontrados na década de 1940 nas cavernas de Cunrã confirmaram o que está escrito na Bíblia. Na imagem, parte do pergaminho que contém os salmos da Bíblia.

travelfoto/Shutterstock

Estudos arqueológicos identificaram, na cidade de Jerusalém, a piscina de Bethesda, um tanque rodeado por cinco pórticos de onde brotava uma fonte. Esse local é considerado o cenário de um milagre de Jesus, que ali curou um homem que esteve enfermo por 38 anos (cf. João 5,2-9). Foto de 2019.

De Agostini/Getty Images

Estudos da Arqueologia revelam que as tábuas de Ebla confirmam o culto aos deuses pagãos, como Baal, Dagom e Asera, descritos no Antigo Testamento.

VOCÊ EM AÇÃO

Contando histórias

Descubra um novo talento seu: seja um contador de histórias!

1 Com a ajuda do professor, reúna-se em grupo com alguns colegas.

2 Cada grupo vai escolher uma história em livros infantojuvenis ou uma parábola de Jesus, na Bíblia, para contar aos colegas. Escreva, abaixo, o título da história escolhida.

....

3 Decida com os colegas quem vai interpretar cada personagem. Depois, ensaiem a história escolhida. Se quiserem, usem adereços e materiais para a apresentação, como peças de vestuário, objetos de cena, entre outros.

4 Combinem com o professor o dia da apresentação e lembrem-se de trazer todos os adereços necessários.

5 Após a apresentação de todos os grupos, escreva nas linhas abaixo o título da história de que você mais gostou e o que aprendeu com ela.

José Luís Juhas/Arquivo da editora

....

....

....

....

....

6 Você aprendeu que muitas tradições religiosas e acontecimentos da vida de um povo foram transmitidos por meio de histórias. Agora, pense em um episódio de sua vida que queira compartilhar com os colegas e desenhe-o no espaço abaixo em forma de história em quadrinhos. Lembre-se de escrever um título para a sua história.

....

6 ATRAVÉS DOS TEMPOS

> O diálogo inter-religioso é uma condição necessária para a paz no mundo.
>
> **Papa Francisco**

Todas as religiões têm algo em comum: buscam uma força superior e pregam o bem.

Mesmo vivendo no século XXI, entre avanços tecnológicos e científicos, percebemos como o ser humano se preocupa com sua espiritualidade.

Apoiadas em suas crenças e tradições religiosas, as pessoas procuram praticar a fraternidade, a justiça e a paz. Com a oração, desejam aproximar-se do Criador.

Há diversas formas de orar, de acordo com cada religião: em pé, sentado, ajoelhado, em voz alta, em pensamento, em grupo ou sozinho.

As orações podem ser dirigidas a uma divindade única ou a várias divindades.

São chamadas de **monoteístas** as religiões cujos membros acreditam em um só Deus ou divindade. São monoteístas o judaísmo, o cristianismo e o islamismo.

Nas religiões **politeístas**, como o hinduísmo, os fiéis acreditam em mais de uma divindade. É importante perceber que existem civilizações politeístas em diversas partes do planeta, por exemplo, na Ásia e na África.

Art Directors & TRIP/Alamy/Fotoarena

Brahma representa a criação, Vishnu, a conservação e Shiva, a destruição. Juntas, essas divindades formam a Trimúrti.

Trimúrti: representação tripla da divindade suprema, composta dos principais deuses do hinduísmo.

- A tradição religiosa que você segue é monoteísta ou politeísta? Explique.

Algumas religiões monoteístas

Judaísmo

O judaísmo, religião dos judeus, é a mais antiga das três principais religiões monoteístas. Segundo a crença judaica, há apenas um Deus, todo-poderoso, criador do mundo e de tudo que existe nele.

O livro sagrado dos judeus é o Tanak. Ele é dividido em vários outros livros e contém histórias de personagens como Noé, Abraão e Moisés. O Antigo Testamento cristão é formado pelos livros do Tanak judaico.

No judaísmo a representação de Deus por meio de esculturas e pinturas é proibida. Os judeus, ainda hoje, esperam pelo Salvador (Messias), e seus cultos sagrados são realizados em locais conhecidos como sinagogas, comandados por um líder religioso chamado rabino. Um dos símbolos sagrados do judaísmo é a menorá, um candelabro com sete braços, que fica sempre aceso nas sinagogas. A menorá simboliza a presença de Deus entre seu povo.

Martin Schutt/dpa Picture-Alliance/Agência France-Presse

Cerimônia em uma sinagoga na cidade de Erfurt, Alemanha, em 2019. No centro da foto, encontra-se uma grande estrela de Davi ladeada por duas menorás, candelabros de sete braços, dois dos principais símbolos do judaísmo.

- Na sua religião há alguma representação de Deus por meio de imagens e símbolos? Quais?

Cristianismo

O cristianismo surgiu na Palestina, então dominada pelos romanos, há mais de dois mil anos. Lá, habitavam os judeus, povo monoteísta que acreditava que o Deus que se revelou ao povo, desde Abraão, enviaria um Messias para libertá-los de toda dominação e exploração e estabelecer um tempo sem sofrimento e opressão. Esse Messias deveria liderar o povo nesse novo tempo.

Apesar de muitos judeus daquela época não considerarem Jesus de Nazaré o tal Messias anunciado pelos profetas, seu nascimento representou para várias pessoas a esperança de um novo tempo. Jesus anunciava a chegada do reino de Deus, um tempo de paz, perdão, justiça e amor entre os seres humanos. Um retorno ao caminho estabelecido conforme o projeto divino para a humanidade.

Na Bíblia encontra-se o fundamento da fé cristã. Nela há tudo o que Deus quer nos revelar a seu respeito e como cada pessoa deve viver para estar de acordo com a vontade Dele. Por meio da linguagem humana, Ele falou de seu amor pela humanidade.

Para os cristãos, Jesus Cristo é Deus, com o Pai e o Espírito Santo. Mas isso não quer dizer que sejam três divindades, como no politeísmo. É um único Deus, como os judeus já acreditavam, porém em três pessoas diferentes (Pai, Filho e Espírito Santo).

O Filho se encarna em Jesus Cristo, por meio de Maria de Nazaré, e, ao morrer e ressuscitar, traz a salvação tão esperada.

Ser cristão significa aceitar Jesus Cristo como único salvador.

Bridgeman Images/Fotoarena

A ressurreição de Cristo, óleo sobre tela de Noël Coypel de 1700. A ressurreição de Jesus Cristo é um dos pontos principais da fé cristã.

- Para os cristãos, Jesus Cristo veio trazer a salvação ao mundo. Para você, qual é o principal ensinamento dele? Conte aos colegas.

Catolicismo e protestantismo – Vertentes do cristianismo

O catolicismo é uma das vertentes do cristianismo. O verdadeiro católico é aquele que acredita em Deus e sabe o que deve fazer para ser fiel à sua fé. É aquele que segue os ensinamentos de Jesus Cristo que estão na Bíblia e participa da Igreja Católica Apostólica Romana.

A palavra **católica** vem do grego e quer dizer "universal", para todos; **apostólica** vem de apóstolos, pois foi organizada diretamente por eles; e foi chamada de **romana** porque o primeiro líder, o apóstolo Pedro, morreu em Roma. Depois, os sucessores de Pedro, chamados de "papas", se fixaram na mesma cidade, mais precisamente na atual cidade do Vaticano, construída em cima do local onde Pedro foi martirizado pelos romanos.

A doutrina dos católicos ortodoxos é muito semelhante à dos católicos romanos. A principal diferença entre essas vertentes é que os católicos ortodoxos não aceitam a autoridade do papa, embora lhe prestem respeito.

O protestantismo é outro ramo do cristianismo. Foi iniciado por Martinho Lutero em 1517. Com o passar do tempo, foram surgindo outras divisões do protestantismo, como o praticado pelos batistas.

Luciana Whitaker/Pulsar Imagens

Fachada da igreja luterana da Ascensão em Novo Hamburgo (RS), em 2016. Após a separação iniciada por Lutero, surgiram diversas ramificações do cristianismo, como luteranos, anglicanos e calvinistas.

Existem algumas diferenças entre católicos e protestantes. Por exemplo: os protestantes seguem somente os ensinamentos da Bíblia e não aceitam a autoridade do papa; consideram Jesus Cristo o único intermediário entre Deus e a humanidade; não aceitam os santos como intercessores e nem aceitam a veneração a Maria, mãe de Jesus.

Seja qual for a sua religião, procure conhecê-la, estudando e praticando seus ensinamentos.

- Converse com os colegas e diga a eles qual é a sua religião. Conte qual é a vestimenta utilizada pelo líder religioso durante as cerimônias.

Islamismo

A religião dos muçulmanos, chamada de **islã** ou **islamismo**, surgiu na península Arábica como resultado das pregações do profeta Maomé. Os muçulmanos creem nos profetas enviados por Alá (*Allah*, ou "o Deus"), entre os quais estão: Adão, o primeiro; Noé; Abraão; Moisés; Jesus; e o último e mais importante, Maomé. Eles acreditam no julgamento final, momento em que todas as ações de cada pessoa serão avaliadas.

Maomé nasceu na cidade de Meca, no ano 570 d.C. Conhecia várias religiões e admirava o cristianismo e o judaísmo. Pregava a crença em um só Deus. O Alcorão (Corão) é o livro sagrado do islamismo.

No islã, as orações são feitas cinco vezes ao dia: ao amanhecer, ao meio-dia, à tarde, ao anoitecer e à noite. As mesquitas são lugares reservados para as preces, mas os fiéis podem orar onde quiserem, mas sempre virados para Meca, a cidade mais sagrada para eles.

poltu shyamal/Shutterstock

Muçulmanos rezam em frente à Grande Mesquita, na cidade de Nova Délhi, na Índia, em 2013.

Mohamad Zaenudin Akil/Shutterstock

Milhares de muçulmanos reunidos na cidade de Meca, na Arábia Saudita, em 2020. Esse lugar é considerado sagrado por eles, pois é onde nasceu o profeta Maomé.

Gabriela Biló/Futura Press

Homens rezando na mesquita Brasil, um dos primeiros templos muçulmanos do Brasil, em São Paulo (SP), em 2013.

Algumas religiões politeístas

Hinduísmo

O hinduísmo é uma religião livre. Parte de seus seguidores é politeísta, cultua vários deuses masculinos e femininos. Alguns hindus têm uma divindade pessoal, e outros não acreditam em nenhuma.

Muitos hindus são monoteístas, acreditam em uma só divindade, que é representada pela Trimúrti: Brahma, o criador do mundo; Vishnu, o protetor do mundo; e Shiva, o destruidor.

Há ainda outros deuses, e muitas formas de venerar a natureza.

Os hindus acreditam na reencarnação. Eles creem que podem morrer e renascer várias vezes, mas devem se esforçar para que a alma se liberte do corpo sem precisar reencarnar e que, para alcançar a libertação, precisam escolher caminhos que estejam voltados para:

- o conhecimento: estudo orientado por um mestre;
- a devoção: orar e seguir a uma divindade;
- a ação desinteressada: praticar boas ações;
- o caminho da ioga: dedicar-se à meditação e aos exercícios espirituais.

Os mais antigos escritos sagrados do hinduísmo são os Vedas, que contêm hinos e poesias, e o livro mais importante é o poema "Mahabharata".

Para os hindus, as vacas são sagradas, por isso elas não podem ser feridas nem servir de a limento. Como respeitam todas as formas de vida, boa parte da sociedade indiana é vegetariana.

O rio Ganges e a cidade de Benares são considerados sagrados, e os gurus ou mestres são muito respeitados, e sempre orientam e ajudam o próximo.

Toda a diversidade religiosa que existe na Índia, entre os hindus, não prejudica a convivência harmônica, porque eles praticam a tolerância religiosa.

- Converse com os colegas e responda: Qual é a maior diferença entre o hinduísmo e as outras religiões que vocês já estudaram?

Budismo

Outra forma de expressão religiosa é o budismo, que surgiu no século VI a.C., no norte da Índia. Foi iniciado por um príncipe chamado Sidarta Gautama, que, depois, ficou conhecido como Buda.

Como os budistas não acreditam em uma divindade, o budismo não pode ser classificado nem como religião monoteísta, nem como religião politeísta. Os budistas oram a Buda, que significa "o Iluminado". Praticam meditação, cantam e ouvem a leitura dos textos sagrados.

O propósito dos budistas é libertar todos os seres do sofrimento. Eles acreditam que essa libertação é individual. Creem também que a maior virtude do ser humano é a compaixão. A bondade, para o budista, liberta o coração e traz o dever de perdoar. Segundo Buda, devemos quebrar o ciclo do ódio, pois "Se o ódio responde ao ódio, como o ódio acabará? Bem-aventurado é aquele que se mantém firme em sua vida, que não faz o mal a ser algum".

CREATIVE TOUCH IMAGING LTD/NURPHOTO/Agência France-Presse

Buda, cercado de discípulos, no momento em que encerra sua vida terrena e entra no Nirvana, estado de libertação dos sofrimentos e apegos. Afresco localizado no templo da Relíquia do Dente ou Sri Dalada Maligawa, em Kandy, Sri Lanka. Foto de 2017.

Podemos encontrar ainda muitas outras religiões, seitas, sociedades com características secretas e outras filosofias de vida.

A busca da espiritualidade expressa o livre-arbítrio, ou seja, a capacidade que temos de escolher nossos caminhos.

- O que você entende por livre-arbítrio? Converse com os colegas.

Intolerância religiosa

Como seria bom se vivêssemos como aprendemos nos livros sagrados, e amássemos a todos sem nenhuma distinção e sem preconceitos. Muitos não vivem assim, pois são intolerantes com a fé e as tradições religiosas das outras pessoas. Isso pode acontecer no local de trabalho, na escola, na vizinhança e até dentro da própria casa.

Cléber Júnior/EXTRA/Agência O Globo

A líder religiosa mãe Conceição diante dos escombros de seu terreiro. O local foi incendiado propositalmente por um homem em Duque de Caxias (RJ), em 2014.

Chamila Karunarathne/Anadolu Agency/Getty Images

Interior da igreja de São Sebastião em Negombo, Sri Lanka, após ataque realizado por um homem-bomba durante a missa do domingo de Páscoa, em 2019.

Para vencer a intolerância religiosa é preciso viver com fraternidade, mostrando respeito às diferenças e aprendendo que todos têm o direito de escolher suas crenças. Para isso, basta ter um coração pronto para acolher e amar e sempre se colocar no lugar do outro, para tentar entender como ele se sente.

1 Como você se sentiria se fosse tratado de um jeito ruim, só por ter uma religião diferente da de outra pessoa?

2 O que você diria para alguém que trata mal outra pessoa, por ter alguma diferença física, religiosa, política, etc.?

Atividades

1 Relacione estas religiões monoteístas com os seus livros sagrados.

a) judaísmo **b)** cristianismo **c)** islamismo

☐ Alcorão ☐ Tanak ☐ Bíblia

2 Complete as frases com as palavras do quadro abaixo:

José Luís Juhas/Arquivo da editora

a) Pela tradição, os .... não acreditam em um deus.

b) O livro sagrado do .... conta histórias que envolvem os personagens Noé e ....

c) As religiões .... acreditam em mais de um deus.

3 Escolha um nome no quadro abaixo para identificar cada uma das religiões que praticam valores como fraternidade, caridade e amor ao próximo.

1	Cristianismo
2	Hinduísmo
3	Budismo
4	Islamismo

☐ Pratica ioga, meditação e exercícios espirituais.

☐ Reza cinco vezes ao dia, voltado para Meca.

☐ Crê em Brahma, o deus criador do mundo.

☐ Pratica boas ações e busca a iluminação.

☐ Acredita no Antigo e no Novo Testamento da Bíblia.

Saiba mais

Umbanda

No Brasil existem diversas religiões, crenças e seitas que devem ser acolhidas com respeito para que a convivência entre as pessoas seja pacífica.

A umbanda, por exemplo, é uma religião brasileira e nasceu da soma de elementos de outras religiões. Ela mistura crenças do candomblé com crenças espíritas, africanas, indígenas e cristãs católicas. Os umbandistas creem nos orixás, na imortalidade da alma e na reencarnação.

Geralmente, prestam seus cultos aos orixás usando roupas brancas e com os pés descalços, o que simboliza a humildade.

Assim como outras religiões, a umbanda tem diversas vertentes: umbanda tradicional, umbanda de nação, umbanda da magia divina, entre outras.

Apesar das diferenças, todas essas vertentes têm muitos pontos em comum:

- acreditam em uma divindade onipresente: Olorum;
- creem nos orixás (divindades) e nos guias (entidades espirituais);
- creem nos antepassados;
- acreditam na imortalidade da alma;
- creem na reencarnação;
- exercem a prática mediúnica para viabilizar a comunicação entre espíritos ou orixás e seres humanos;
- seguem os ensinamentos básicos dos valores humanos, como a fraternidade, a caridade e o respeito ao próximo.

Bruno Gonzalez/Extra/Agência O Globo

A umbanda foi reconhecida como patrimônio imaterial do Rio de Janeiro em 2016.

O TEMA É...

O Brasil e as crenças religiosas

Desde quando os navegantes portugueses chegaram às terras brasileiras, diversos povos também aportaram aqui, trazendo suas culturas, línguas, religiões, mitos e costumes.

Não devemos nos esquecer, porém, de que muitos povos indígenas já habitavam essas terras há milhares de anos e também tinham suas crenças, seus cultos, rituais e valores. Eles consideravam sagrados os espíritos, a natureza e a terra; respeitavam os mais velhos; jamais batiam ou gritavam com as crianças, tratando-as sempre com paciência.

© Renato Soares/Imagens do Brasil

Indígenas da etnia Pankararu realizando a Dança do Toré, na Aldeia Brejo dos Padres, em Tacaratu (PE), em 2014. O Toré tem o objetivo de trazer alegria e espantar maus espíritos.

Uma das figuras centrais de diversos povos indígenas era o pajé ou xamã, responsável pelos rituais para curar doenças, afastar maus espíritos, dar conselhos e prever o futuro.

Ao serem dominados pelos europeus, diversos povos indígenas foram obrigados a abandonar muitos costumes e tradições, porque os conquistadores desejavam explorá-los e impor-lhes a religião cristã.

Os direitos dos indígenas, hoje, são garantidos pela Constituição brasileira. Leia o artigo a seguir, que trata desse tema.

> **Art. 231. São reconhecidos aos índios sua organização social, costumes, línguas, crenças e tradições, e os direitos originários sobre as terras que tradicionalmente ocupam, competindo à União demarcá-las, proteger e fazer respeitar todos os seus bens.**

BRASIL. **Constituição da República Federativa do Brasil de 1988**. Disponível em: <www.planalto.gov.br/ccivil_03/constituicao/constituicao.htm>. Acesso em: 12 fev. 2020.

1 Converse com os colegas e, em seguida, escrevam no caderno quais outros direitos vocês entendem que os indígenas devem ter garantidos.

O mesmo aconteceu com os africanos escravizados, que foram obrigados a se converter ao cristianismo. Muito da religiosidade africana sobrevive até hoje no Brasil por meio do candomblé (entre outras tradições religiosas), com seus rituais, tambores, suas vestes e divindades.

Para conhecer um pouco mais o candomblé, leia o texto a seguir.

> [...] O candomblé é uma religião que surge no Brasil, mas os componentes culturais dos diferentes grupos étnicos africanos que conviveram no período da escravidão fornecem a base de seus rituais, ou seja, trata-se de uma religião afro-brasileira.
>
> [...] As divindades do candomblé são os orixás. Possuem virtudes e defeitos e expressam muitas vezes a liberdade e o prazer de viver.

As diferenças entre candomblé e umbanda, de Ana Carolina Pinheiro. **Carta Capital**. Disponível em: <www.cartacapital.com.br/diversidade/as-diferencas-entre-candomble-e-umbanda/>. Acesso em: 30 dez. 2019.

Mateus Pereira/GOVBA

Comemoração dos 100 anos de Manso Banduquenqué, também conhecido como Terreiro do Bate Fôlha, fundado em 1916, em Salvador (BA), em 2016.

Diferentemente do candomblé, que veio da África, a umbanda foi criada no Brasil. Embora umbanda e candomblé tenham algumas semelhanças, são diferentes em sua origem e na relação com os orixás. No candomblé os orixás são os ancestrais divinos, divindades da natureza e representantes de um deus criador, enquanto na umbanda os orixás são os espíritos ancestrais e representam a manifestação de um deus único.

2 De acordo com o texto, responda: Qual é a origem do candomblé e da umbanda?

....

....

3 Converse com os colegas e conte a eles se você já assistiu ou participou de um culto em alguma dessas religiões.

7 LEIS E REGRAS

> Não tenha medo de amar até doer. Esse é o caminho, como Jesus amou.
>
> **Santa Madre Teresa de Calcutá**

O que aconteceria se você pudesse fazer tudo o que tivesse vontade: chegar à escola no horário que quisesse, não tivesse hora para dormir e comer, não precisasse tomar banho nem escovar os dentes?

Agora, imagine: o que poderia acontecer se você não respeitasse os idosos? Ou se atravessasse a rua ignorando os sinais de trânsito? Ou não seguisse as regras de um jogo? Ou não desse importância ao que os responsáveis por você dizem?

José Luís Juhas/Arquivo da editora

Agora, imagine se alguém pegasse seus brinquedos ou materiais escolares sem pedir licença. Ou se entrasse em sua casa e mexesse na geladeira sem pedir permissão.

O mundo, certamente, seria uma grande bagunça se as pessoas se comportassem assim!

José Luís Juhas/Arquivo da editora

Para que isso não aconteça, o ser humano criou regras e leis. No Brasil, algumas delas estão em um documento chamado Constituição federal, um conjunto de leis que regulam nossos direitos e deveres.

> A Constituição assegura "o exercício dos direitos sociais e individuais, a liberdade, a segurança, o bem-estar, o desenvolvimento, a igualdade e a justiça como valores supremos de uma sociedade fraterna [...] e sem preconceitos, [...] sob a proteção de Deus".
>
> Preâmbulo da Constituição da República Federativa do Brasil. 1988.

Reprodução/Arquivo da editora

Então, fique atento: existem regras e leis de comportamento em todos os lugares: nas ruas, nas igrejas, em casa e na escola. Existem garantias de direito à liberdade, à igualdade e à vida.

- Em dupla, reflita sobre as regras que existem na escola. De quais você gosta e de quais não gosta? Por quê?

As leis de Deus

Deus revelou a Moisés, no monte Sinai, os Dez Mandamentos, que são as leis da aliança Dele com Seu povo. Essas leis nos foram reveladas para que pudéssemos aprender a amar e a viver de acordo com a vontade de Deus.

Essa é uma maneira mais fácil de sabermos como deve ser a vida de um cristão, uma forma de vivermos mais felizes, com amor, fidelidade ao Criador, amizade e respeito ao próximo.

A obediência a esses preceitos conduz ao desenvolvimento da moral e da ética necessárias a um cidadão e, acima de tudo, indica o caminho para a sua espiritualidade.

Os Dez Mandamentos mostram leis de amor e respeito, que podem ser resumidas assim:

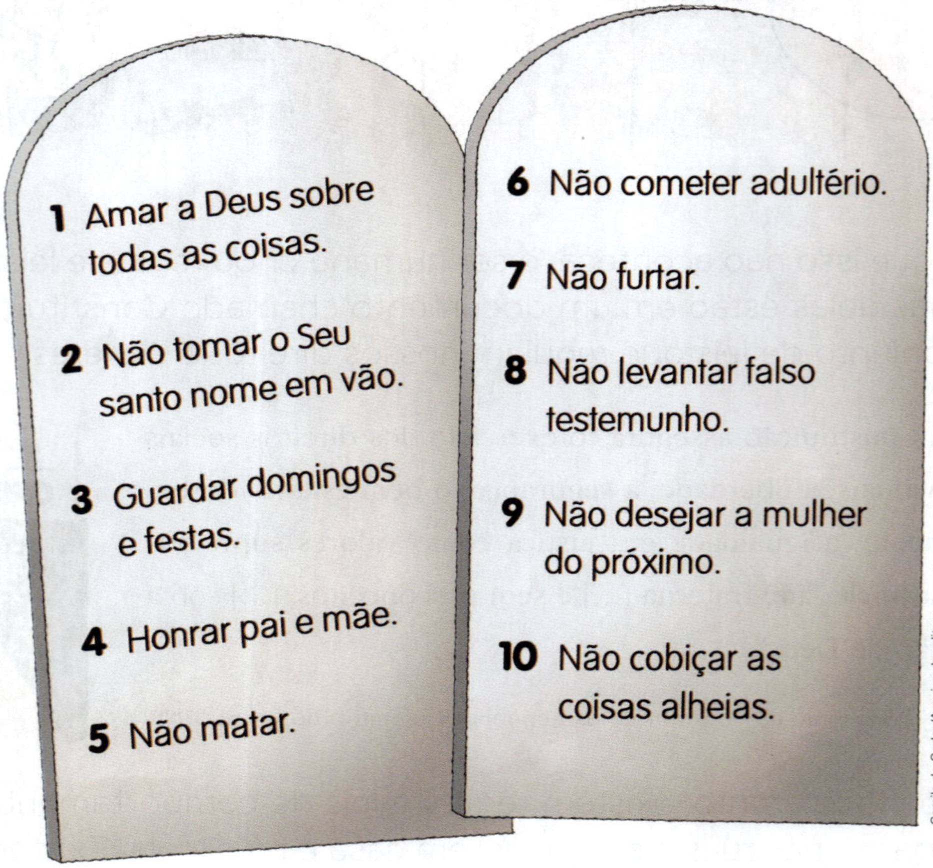

Camila de Godoy/Arquivo da editora

Os mandamentos ensinam que cada pessoa deve amar a Deus, amar ao próximo e amar a si mesma. Também deve pensar no amor e praticá-lo, pois só assim é que se encontra o caminho para a felicidade!

Atividades

1 Pense no que você estudou sobre convivência e complete as frases abaixo.

a) O ser .... criou .... e .... para organizar a convivência na ....

b) A .... é um documento que contém um conjunto de .... sobre nossos .... e ....

2 Complete as frases com as palavras que estão nos balões.

José Luís Juhas/Arquivo da editora

a) Quando alguém age com .... às leis, fica mais fácil conviver com o outro.

b) Quando uma pessoa faz o que quer sem se preocupar com o outro, tem atitudes de .... para com o próximo.

3 Agora, forme um grupo com quatro colegas e crie com eles “Regras de boa convivência da turma”.

a) Primeiro, conversem sobre as regras que existem e que podem ser ajustadas e pensem em regras novas.

b) Listem as ideias que surgirem em uma folha de rascunho.

c) No dia combinado com o professor, façam uma roda de conversa na sala de aula para que cada grupo apresente suas ideias.

d) Com o auxílio do professor, façam uma votação para selecionar as regras mais adequadas à turma, enquanto o professor registra, na lousa, as regras mais votadas.

e) Registrem abaixo as regras finalizadas.

....

....

....

....

....

....

....

....

f) Por fim, elaborem um cartaz com as “Regras de boa convivência da turma” e façam desenhos para ilustrá-lo. Juntos, escolham um lugar na sala de aula para deixar o cartaz exposto.

Saiba mais

Os direitos das crianças

Existe o que pode e o que não pode ser feito. Há regras para os esportes e regras para as brincadeiras. Existem leis que os adultos devem seguir e leis que protegem as crianças.

As crianças ainda não são totalmente capazes de se defender, de se alimentar ou de morar sozinhas. Por isso, elas são protegidas por uma série de leis.

No Brasil, seus direitos são garantidos pelo **Estatuto da Criança e do Adolescente**. Mas o ponto de partida desse documento foi a **Declaração Universal dos Direitos da Criança**, elaborada e assinada por diversos países em 1959.

A seguir, conheça os dez princípios apresentados na Declaração dos Direitos das Crianças:

Ilustrações: Camila de Godoy/Arquivo da editora

1. Todas as crianças, independentemente de cor, sexo, língua, religião ou opinião, devem ter os direitos garantidos.
2. A criança será protegida e terá direito ao desenvolvimento físico, mental, moral, espiritual e social adequados.
3. Crianças têm direito a nome e nacionalidade.
4. Toda criança terá direito a alimentação, recreação e assistência médica.
5. Toda criança portadora de necessidades especiais terá direito a tratamento, educação e cuidados especiais.
6. Toda criança precisa de amor e compreensão.
7. Toda criança terá direito a receber educação, que será gratuita pelo menos no grau primário.
8. Toda criança estará, em qualquer circunstância, entre os primeiros a receber proteção e socorro.
9. A criança será protegida contra qualquer crueldade e exploração.
10. Toda criança terá proteção contra atos de discriminação.

Significados. **10 princípios dos Direitos da Criança**. Disponível em: <www.significados.com.br/principios-direitos-da-crianca/>. Acesso em: 12 dez. 2019.

VOCÊ EM AÇÃO

Liberdade religiosa

Não podemos escolher as leis às quais queremos obedecer e as leis a que não queremos obedecer...

Para o bem de todos precisamos cumpri-las!

Mas temos o direito de escolher a religião que queremos seguir, em qual divindade queremos acreditar, ou escolher não acreditar em nenhuma.

Se alguém crê em Deus, Javé, Alá, Brahma, Olorum ou no Grande Espírito, isso não importa. Cada um tem sua fé e precisa ser respeitado.

1 Faça uma entrevista com um familiar, ou um vizinho, que tenha uma religião diferente da sua. Depois, complete a ficha abaixo:

Nome da pessoa entrevistada: ....

....

- Qual é a sua profissão? ....
- Qual é a sua religião? ....
- Qual é o nome do líder religioso na sua religião?

  ....
- Como se chama o lugar em que você presta culto à sua divindade? ....

2 Após a realização das entrevistas, compare a sua com as dos colegas. Anote no caderno quais religiões foram mencionadas nas entrevistas. Depois, escolha uma delas e faça uma pesquisa para descobrir um pouco de sua história.

8 CONQUISTAS DA HUMANIDADE

> Procurai com zelo os melhores dons, e eu vos mostrarei um caminho mais excelente.
>
> **1ª Carta aos Coríntios** 12,31

Os seres humanos lutam, acreditam e realizam. Defendem a vida e lutam por paz, amor, tolerância e pela prosperidade de todos. Essas realizações incluem todos os avanços científicos e os progressos tecnológicos.

Isso tudo é possível graças à inteligência e à sabedoria, capacidades que recebemos com o dom da vida, como presentes do Criador. Por isso, precisamos utilizá-las com responsabilidade, a serviço do bem.

Novas conquistas podem representar a esperança de um futuro mais responsável pelas necessidades da humanidade e do planeta. A cada dia, aumenta a necessidade de criarmos mecanismos de cooperação e diálogo, e de acreditarmos que o destino da humanidade depende da paz e do desenvolvimento sustentável.

As conquistas tecnológicas e científicas devem estar empenhadas não apenas em promover o progresso, o conforto e o fascínio que nos causam, mas também em garantir a continuidade da existência da humanidade.

É preciso que as ações de governantes do mundo todo sejam guiadas por sabedoria e planejamento, para que o planeta Terra não seja destruído.

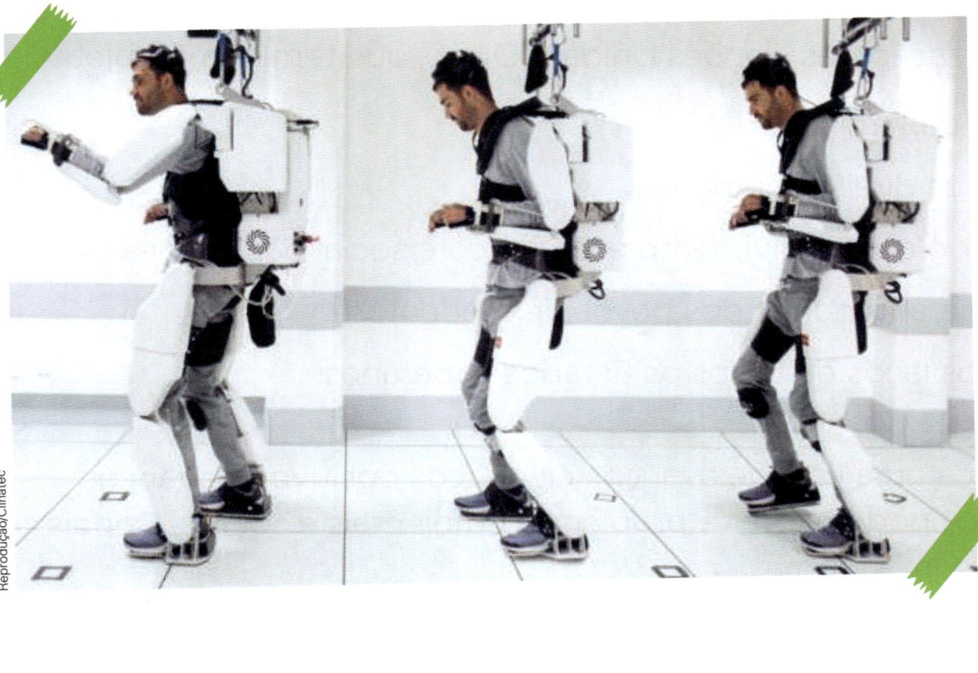

Reprodução/Clinatec

O exoesqueleto artificial é exemplo de uma conquista tecnológica que pode auxiliar na reabilitação de pacientes que perderam a capacidade de movimento.

Descobertas científicas também podem destruir

A descoberta de como utilizar o núcleo de certos átomos para produzir energia nuclear levou à construção da bomba atômica, capaz de queimar, destruir, provocar doenças e matar. A consequência disso foi um dos acontecimentos mais tristes do século XX.

No final da Segunda Guerra Mundial (1939-1945), os Estados Unidos lançaram bombas atômicas nas cidades de Hiroshima e Nagasaki, no Japão. Muitas pessoas morreram nas duas cidades, incluindo muitos idosos e crianças. Tudo ficou destruído e, hoje, a humanidade se une para dizer não às descobertas que destroem e matam.

George R. Caron(E)/Charles Levy(D)/United States Department of Energy

Nuvens em formato de cogumelo, formadas pelas explosões das bombas atômicas lançadas sobre as cidades japonesas de Hiroshima (à esquerda) e Nagasaki (à direita), em 1945.

Sputnik/Agência France-Presse

Neste quarteirão de Hiroshima havia casas e prédios. Com a bomba atômica, lançada sobre a cidade no dia 6 de agosto de 1945, tudo foi instantaneamente destruído.

Depois da Segunda Guerra Mundial, diversos países se uniram para formar a Organização das Nações Unidas (ONU), que tem como objetivos:

- manter a paz mundial;
- proteger os direitos humanos;
- promover o desenvolvimento econômico e social das nações;
- estimular a autonomia dos povos dependentes;
- reforçar os laços de todos os Estados soberanos.

- Em dupla, faça uma lista de avanços científicos positivos e avanços científicos que podem levar a problemas ambientais e sociais. Depois, compartilhe com a turma.

Atividades

1 Leia cada dupla de frases. Depois, marque a coluna que considerar correta. Se as duas estiverem corretas, marque a coluna do meio.

a) ☐	As conquistas científicas garantem o progresso.	☐	A humanidade pode ser beneficiada com as novas descobertas.	☐
b) ☐	Sabedoria e inteligência são dons que recebemos de Deus.	☐	A ciência não contribui para o avanço da humanidade.	☐
c) ☐	Garantir nossa sobrevivência no planeta é um dever só do governo.	☐	Garantir nossa sobrevivência no planeta é um dever de todos nós.	☐
d) ☐	A fé e a ciência precisam caminhar juntas.	☐	A ciência procura entender e explicar o mundo, que é uma criação de Deus.	☐

2 A cada dia surgem tecnologias mais avançadas. Porém, esse avanço tão rápido acaba produzindo algumas consequências. Entre elas, o surgimento dos chamados "analfabetos digitais", ou seja, pessoas que não sabem utilizar as novas tecnologias ou que possuem muita dificuldade. Por isso, essas pessoas são excluídas de diversas formas.

Lopolo/Shutterstock

a) Como você se sentiria se fosse excluído de uma brincadeira só porque não consegue utilizar alguma tecnologia?

b) Se isso acontecesse com alguém na sua frente, o que você diria para a pessoa que foi excluída? E para a pessoa que excluiu?

c) Como você resolveria a situação?

3 Pense e responda:

a) Na sua opinião, os seres humanos estão preocupados em defender a vida? Por quê?

b) Que atitudes precisam ser tomadas para defender a vida?

4 O ser humano realiza muitas conquistas, busca dignidade, sucesso e felicidade. Mas várias pessoas vivem em situação de pobreza e abandono. Por que será que isso acontece? Converse com os colegas e registre sua opinião.

5 Em grupo, monte um mural com notícias sobre descobertas científicas.

- Procure na internet, em jornais, livros e revistas notícias sobre pesquisas científicas importantes do presente ou do passado.
- Procure também notícias sobre aparelhos e equipamentos de última geração.
- Com os textos e as figuras que encontrar, monte com os colegas um mural na sala de aula. O título pode ser "As tecnologias que conquistamos". Se preferir, crie outro título com os colegas.

O TEMA É...

Consumo consciente

Atualmente, existem muitas opções de tecnologia. Os aparelhos eletrônicos podem ser usados em benefício das pessoas, mas não substituem os abraços, os carinhos e uma boa conversa.

Então, vamos mostrar que podemos ser consumidores conscientes sabendo usá-los com moderação. E, na hora de descartá-los, vamos nos preocupar com o nosso planeta e com o meio ambiente.

Winai Tepsuttinun/Shutterstock

Lixo eletrônico

Ao trocar de celular, *notebook*, pilhas, baterias, você já pensou em como descartá-los corretamente?

Saiba que eles podem ser devolvidos aos fabricantes ou ser entregues em locais que façam coletas seletivas, como operadoras de celular, ou lojas e supermercados que já ofereçam local adequado para o descarte de aparelhos eletrônicos.

1 **Agora, marque um X nas frases que demonstram como um consumidor consciente deve agir.**

☐ Separa os resíduos orgânicos do lixo reciclável e eletrônico.

☐ Após usar aparelhos eletrônicos tem sempre o cuidado de desligá-los.

☐ Procura sempre um local de coleta seletiva para descartar os objetos eletrônicos.

2 **Agora, em grupo com dois colegas, reflita sobre as atitudes que podem adotar para que, ao fazerem uso das tecnologias, não prejudiquem a saúde e o bem-estar.**

3 **Vocês já observaram se no bairro em que moram há coleta seletiva de lixo eletrônico? Se não houver, pesquisem os locais mais próximos. Partilhem com os colegas os locais encontrados.**

UNIDADE 3

ESPERANÇA QUE JAMAIS ACABA

Nesta Unidade vamos estudar...

- As ações do bem
- O valor de cada um
- A importância da amizade
- A valorização da vida

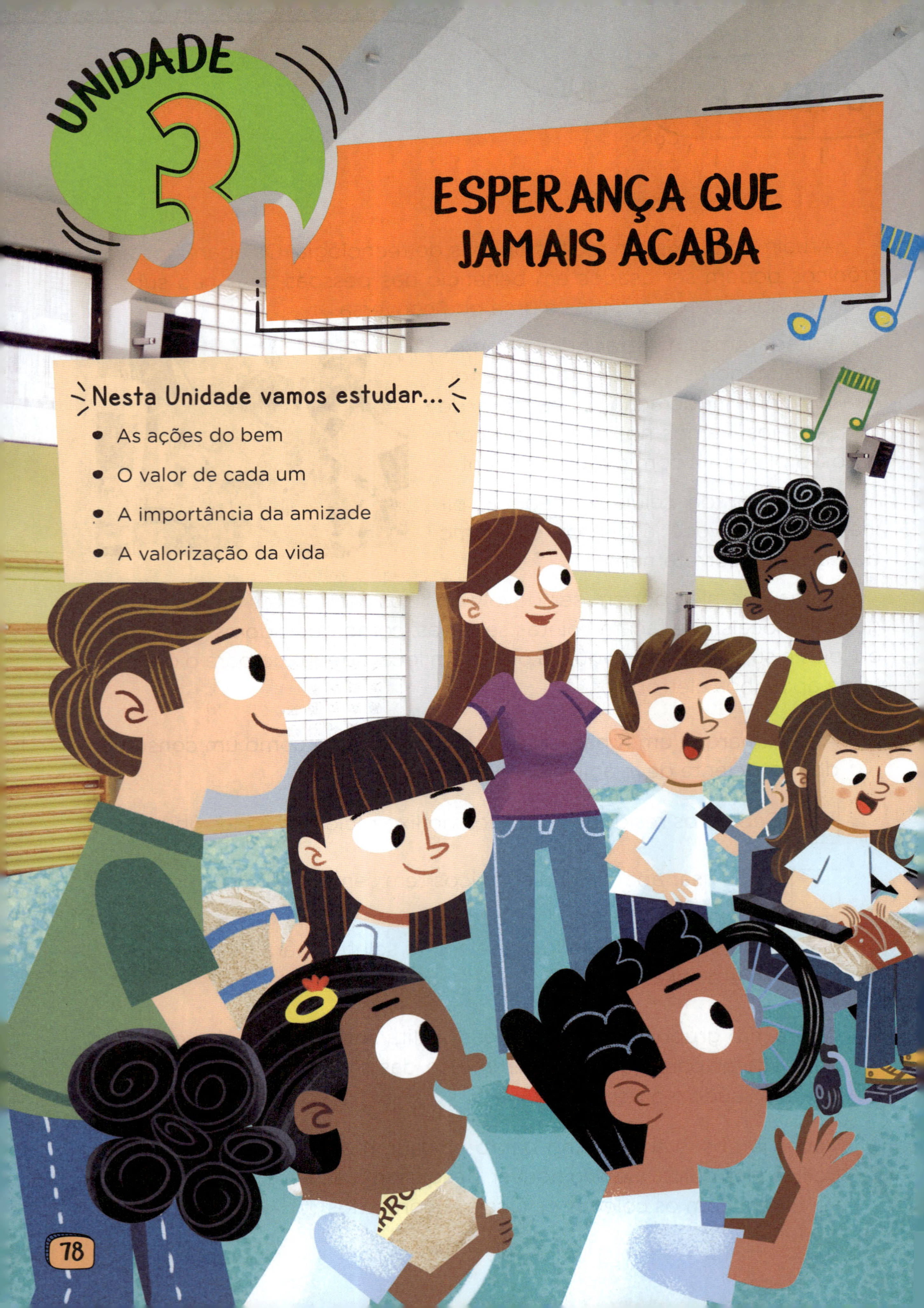

Entre nesta roda

- Converse com os colegas e o professor sobre esta cena.
- Cite exemplos de ações solidárias de que você tenha participado ou a que tenha assistido recentemente.
- Cite uma ação solidária que você gostaria de realizar.

Marcos de Mello/Arquivo da editora

9 SOLIDARIEDADE E RESPEITO

> A verdadeira solidariedade começa onde não se espera nada em troca.
>
> Antoine Saint-Exupéry

Solidariedade e compaixão são sentimentos que estão presentes no coração de uma pessoa bondosa. Ajudar o próximo não é somente ajudar uma pessoa que conhecemos, mas sim qualquer pessoa que nos pedir ajuda.

Muitas tradições religiosas orientam seus seguidores sobre a forma de viver, a importância de respeitar o próximo e de ser solidário, tendo como base os mesmos princípios para um bom relacionamento humano.

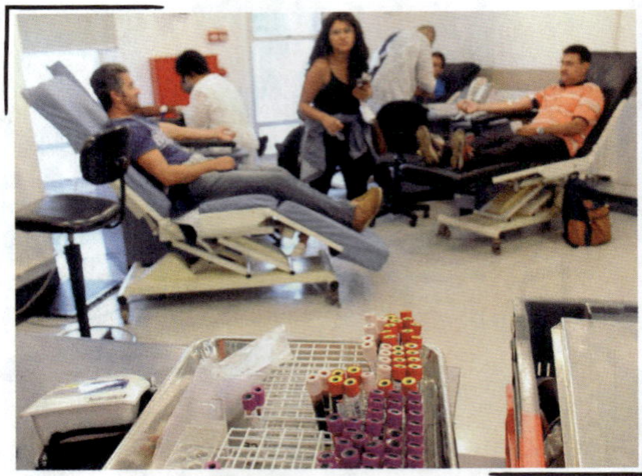

Wagner Souza/Futura Press

Campanha de doação de sangue em um hemocentro de Campinas (SP), em 2019. Muitas vezes, quando doamos sangue, não sabemos quem será ajudado com a nossa atitude.

Conheça a seguir pensamentos de algumas tradições religiosas sobre ética e convivência.

Hinduísmo: "Não faça aos outros aquilo que, se a você fosse feito, causar-lhe-ia dor".

[...]

Judaísmo: "Não faça ao seu semelhante aquilo que para você é doloroso".

Taoismo: "Considere o lucro do seu vizinho como seu próprio e o prejuízo dele como se também fosse seu".

Cristianismo: "Tudo quanto quer que os outros façam para você, faça-o também para eles".

Islamismo: "Ninguém pode ser um fiel até que ame o seu irmão como a si mesmo".

O sagrado no ensino religioso, de Valmir Biaca et al. Curitiba: Secretaria de Estado da Educação, 2006. p. 47-48. Disponível em: <http://portaldoprofessor.mec.gov.br/storage/materiais/0000014238.pdf>. Acesso em: 14 fev. 2020.

David Martins/Arquivo da Editora

Agora que você já refletiu sobre os princípios de algumas tradições religiosas, leia, a seguir, o texto sobre o significado de viver com solidariedade e oferecê-la ao próximo.

Parábola do bom samaritano

Um homem ia descendo de Jerusalém para Jericó e caiu nas mãos de assaltantes, que lhe arrancaram tudo e o espancaram. Depois foram embora e o deixaram quase morto.

Por acaso, um sacerdote estava descendo por aquele caminho. Quando viu o homem caído, passou pelo outro lado sem parar. O mesmo aconteceu com outro passante, um homem que ajudava no templo. Chegou ao lugar, viu e passou adiante, pelo outro lado.

Renata Sedmakova/Shutterstock

O ícone da parábola do bom samaritano na Catedral de São Pietro, em Bolonha, Itália, em 2018.

Mas um viajante chegou perto dele, viu e teve compaixão. Fez curativos, derramando óleo e vinho nas feridas. Depois colocou o homem em seu próprio animal e o levou a uma pensão, onde cuidou dele. No dia seguinte, pegou duas moedas de prata e as entregou ao dono da pensão, recomendando: "Tome conta dele. Quando eu voltar, vou pagar o que ele tiver gastado a mais".

Lucas 10,30-35

1. Converse com os colegas e o professor sobre o tema central dos pensamentos na página anterior e como aplicá-los no dia a dia.
2. Após a leitura do texto, converse com os colegas sobre o que você compreendeu da história.
3. Se essa história se passasse nos dias de hoje, como seria? Conte aos colegas a sua versão atualizada.

Solidariedade

Solidariedade é uma virtude de quem pensa no outro, de quem é sábio, porque pensar no outro é ter a sabedoria de contribuir para um mundo melhor.

Ser solidário vai além de respeitar os direitos do outro; é uma atitude de amor ao próximo, porque, ao doar sem pensar em recompensas, oferecemos amizade, desprendimento e dedicação.

Não é só doando dinheiro ou bens materiais que somos solidários. Podemos doar carinho, atenção, cuidado, amor...

Africa Studio/Shutterstock

Podemos ser solidários convivendo em harmonia, ajudando os colegas que têm alguma dificuldade, aceitando as diferenças e respeitando a todos.

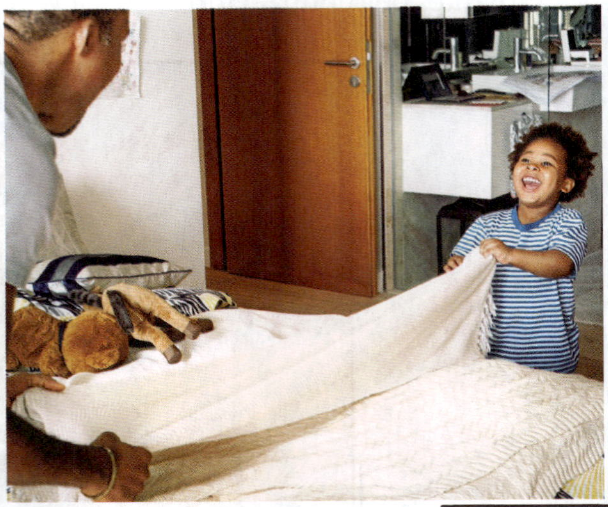

Rawpixel.com/Shutterstock

A solidariedade também pode estar presente em casa, quando ajudamos nas tarefas e cuidamos uns dos outros.

- Leia as ideias a seguir e converse com os colegas e o professor sobre o que é solidariedade.

> Sede misericordiosos como vosso Pai é misericordioso.
>
> Não julgueis, e não sereis julgados; não condeneis, e não sereis condenados; perdoai e sereis perdoados. Dai e vos será dado: [...] pois com a medida com que medirdes, será medido para vós.
>
> **Lucas** 6,36-38

> A regra de ouro consiste em sermos amigos do mundo e em considerarmos toda a família humana como uma só família.
>
> **Mahatma Gandhi**

Atividades

1 Releia os ensinamentos das tradições religiosas que aparecem na página 80 e responda às seguintes questões:

a) O que esses pensamentos significam para você?

....

....

....

b) Eles estão de acordo com o que você pensa? Justifique sua resposta.

....

....

....

2 Pinte os quadrinhos que contêm palavras que completam corretamente a frase a seguir.

Onde há solidariedade não pode haver...

egoísmo	miséria	injustiça	respeito
amor	responsabilidade	inveja	empatia

3 O que faltou aos viajantes que não prestaram socorro ao homem ferido da parábola da página 81?

....

....

4 Vamos medir sua solidariedade? Assinale as respostas de acordo com as suas atitudes.

		SIM	NÃO
A	Está sempre preocupado em defender suas ideias, sem se preocupar com as ideias dos outros. 		
B	Procura cultivar as amizades que tem e gosta de fazer novos amigos. 		
C	Está sempre isolado. 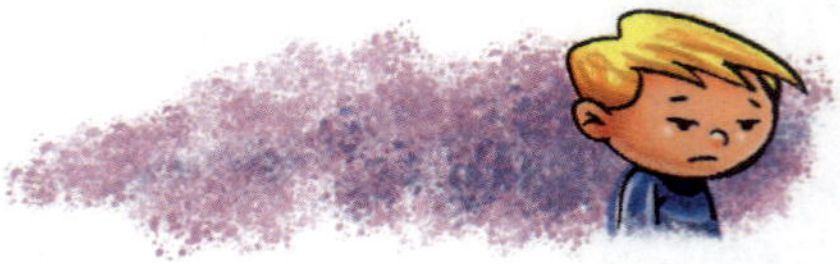		
D	Procura colaborar nas atividades da família. 		
E	Na escola, divide seu material e seus conhecimentos com os colegas. 		
F	Em uma situação difícil, procura se livrar dela sem se preocupar com os outros. 		
G	Trata todas as pessoas como seres iguais, sem preconceito de cor, etnia ou religião. 		
H	Participa das atividades beneficentes promovidas por sua igreja. 		

- Agora, confira as respostas com o professor. Para cada resposta adequada, marque cinco pontos. Depois some todos os pontos e veja o resultado.

De 30 a 40 pontos: Parabéns!
Você é uma pessoa muito solidária!

Menos de 30 pontos: Atenção!
Tente melhorar...

Ilustrações: José Luís Juhas/Arquivo da editora

5 Praticamos a solidariedade quando repartimos o que temos. Pergunte a um de seus familiares qual é a ação solidária que ele realiza ou realizou recentemente. Anote no caderno o que você descobrir e, na próxima aula, conte aos colegas.

6 Ser solidário é saber respeitar a todos: pessoas, animais e plantas. Observe as imagens e marque um **X** naquelas que representam atitudes de respeito ao próximo e a tudo que foi criado.

a) 

Branislav Nenin/Shutterstock

c) 

HANDOUT/VATICAN MEDIA/Agência France-Presse

b) 

Juliya Shangarey/Shutterstock

d) 

Sam Wordley/Shutterstock

- Como você resolveria as situações de desrespeito acima? Conte aos colegas.

VOCÊ EM AÇÃO

Praticando solidariedade

Quando Jesus contou a parábola do Bom Samaritano, ele queria ensinar ao povo a importância da solidariedade com a necessidade do próximo, seja qual for a classe social a que ele pertença, e do respeito a todas as religiões e raças, porque o amor não tem barreiras.

FREDERICK FLORIN/Agência France-Presse

Cabeleireiro cortando cabelo de pessoa em situação de rua em Estrasburgo, França, em 2017.

Hoje, como naquele tempo, ouvimos muitas histórias sobre situações de violência, abandono, agressões, roubos. Frequentemente encontramos pessoas vivendo abandonadas na rua e crianças pedindo esmola ou trabalhando em sinais de trânsito. E, geralmente, passamos por elas, olhamos e seguimos nosso caminho, como os personagens da parábola que Jesus contou.

1 Como você acha que se sentiria se qualquer uma dessas situações acontecesse com você?

2 Formem grupos de no máximo oito integrantes e preparem uma dramatização de fatos atuais sobre esse tema, mostrando que podemos agir como o Bom Samaritano, que foi ao encontro do próximo quando ele necessitava.

3 Após a dramatização criada pelo seu grupo e depois de assistir às apresentações dos colegas, responda:

a) Como você se sentiu ao dramatizar cenas que acontecem hoje?

b) Em sua opinião, o que é preciso para que o ser humano viva mais feliz e deseje ajudar o próximo?

c) Na comunidade religiosa que você frequenta, certamente, são promovidas ações de solidariedade para auxiliar quem precisa. Cite pelo menos uma delas.

Respeitar o próximo e prestar solidariedade a ele não é somente oferecer bens materiais. Muitas vezes, as pessoas necessitam apenas de palavras de carinho, de atenção e afeto.

A solidariedade e o respeito podem ser oferecidos de várias maneiras. Podemos ser solidários com amigos, parentes, vizinhos, conhecidos e até mesmo com pessoas que não conhecemos.

fizkes/Shutterstock

4 **Agora, escreva, abaixo, quatro maneiras de ser solidário e de respeitar o próximo.**

10 CELEBRAR A DIVERSIDADE

> **Ele não tem preferência pelos grandes, e não tem mais consideração pelos ricos do que pelos pobres, porque são todos obras de suas mãos.**
>
> **Jó 34,19**

Os seres humanos se parecem uns com os outros, mas ao mesmo tempo têm características únicas. Não existem duas pessoas iguais, pois mesmo irmãos gêmeos idênticos têm suas diferenças. Cada pessoa tem seu talento, seu valor, e todas merecem ser respeitadas. Existem, porém, pessoas que acreditam ser melhores que outras e tratam seus semelhantes com indiferença e preconceito.

É importante lembrar que as diferenças não nos tornam melhores ou piores do que outros seres humanos, pois cada um de nós tem seus desejos, suas crenças, suas capacidades, e, diante do Criador, todos somos iguais.

Pense em quanta diferença há entre você e as pessoas que conhece. Pense no mundo que poderia ser construído se essas diferenças fossem respeitadas.

É preciso buscar igualdade e respeito, já que todos nós fomos criados para o amor, e compreender que a diversidade só enriquece o ser humano.

Camila de Godoy/Arquivo da editora

- Em casa, converse com seus familiares para conhecer a origem da sua família. Anote no caderno e, depois, compartilhe com os colegas.

Aprendendo com as diferenças

Nas escolas, nas igrejas e nos municípios circulam pessoas de culturas e etnias diferentes. As pessoas migram, fazem turismo, cruzam fronteiras e, assim, transmitem e absorvem conhecimentos.

Culturas diferentes vão se integrando para enriquecer a humanidade por meio de crenças, danças, roupas e enfeites, tradições, músicas, linguagens e costumes. Em todo lugar, a cultura envolve as pessoas, estimulando-as a conhecer o outro, a respeitá-lo e a celebrar a diversidade.

Cada símbolo, cada mito, cada rito, cada culto e cada celebração faz parte do patrimônio cultural de nosso planeta: por meio de gestos, representações, expressões e objetos, demonstram as emoções, a fé e a cultura dos povos. É a linguagem humana expressando vida, força e crença.

culto: homenagem a uma divindade.

Conhecendo as diferentes culturas, podemos não apenas respeitá-las e admirá-las, mas também participar delas.

Uma das tradições dos judeus é o *Bar Mitzvá*, celebração que marca a passagem de um menino à vida adulta.

Assim como os judeus, a passagem para a vida adulta também é celebrada pelos povos indígenas.

Marshalik Mikhail/Shutterstock

Jovens judeus durante a celebração do *Bar Mitzvá* em sinagoga em Netanya, Israel, em 2017. Durante essa celebração, o adolescente passa pelo ritual do *mazal-tov* (boa sorte), sendo levantado em uma cadeira várias vezes.

Luciola Zvarick/Imagens do Brasil

Mulheres participam da Festa do Uluri, ritual de formação de liderança feminina na aldeia Ipavu Kamayurá, em Gaúcha do Norte (MT), em 2018.

Saiba mais

Afirmação da cidadania

As competições paralímpicas são um exemplo de cidadania. Elas promovem a integração de pessoas com deficiência em diversas categorias de esportes. Para equilibrar as competições, elas são realizadas por categorias:

- atletas com paralisia cerebral;
- atletas com lesão medular;
- atletas com amputação, deficiência visual ou mental.

Os Jogos Paralímpicos tiveram origem nos Jogos Olímpicos de Roma, em 1960, quando 400 atletas de 23 países competiram em esportes de cadeira de rodas. Hoje em dia já são 27 esportes voltados para pessoas portadoras de deficiências (cinco deles praticados nos Jogos Paralímpicos de Inverno).

Desde 1999, os Jogos Pan-Americanos também incluem uma grande competição paralímpica: os Jogos Parapan-Americanos. Em 2007 esse torneio foi realizado no Rio de Janeiro, e os atletas brasileiros conquistaram 228 medalhas. Eles ficaram em primeiro lugar entre os países concorrentes!

Os Jogos Paralímpicos de Verão de 2016 ocorreram no Rio de Janeiro. Foi a primeira vez que essa competição aconteceu na América Latina.

Os esportes sempre fizeram parte da vida das pessoas. Pesquisadores afirmam que eles surgiram há mil anos e que existem muitas modalidades de esporte atendendo as habilidades dos jogadores. Elas são praticadas no solo, na água e no ar, e algumas são populares no mundo inteiro, como o futebol.

Simon Bruty for OIS/Agência France-Presse

refugiado: pessoa que precisa deixar sua casa, seu país por causa de perseguições, violências ou guerras.

O nadador refugiado sírio Ibrahim Al Hussein, da equipe de atletas independentes, após competição de natação durante os Jogos Paralímpicos no Rio de Janeiro (RJ), em 2016.

Atividades

1 Pense nas pessoas que você conhece e indique quem é bom em cada área.

Matemática	Tecnologia

Desenho	Redação

- E você? Qual é seu maior talento?

....

2 Desenhe uma  nas atitudes que você considera preconceituosas.

a) ☐ Colocar apelidos maldosos ou ofensivos nos colegas e ficar repetindo esses apelidos o tempo todo.

b) ☐ Tratar com carinho os colegas.

c) ☐ Excluir colegas das brincadeiras por qualquer motivo.

d) ☐ Aceitar brincar com todos os colegas.

- Você já passou por alguma dessas situações? Como você resolveria cada uma delas?

3 Leia os dois relatos abaixo.

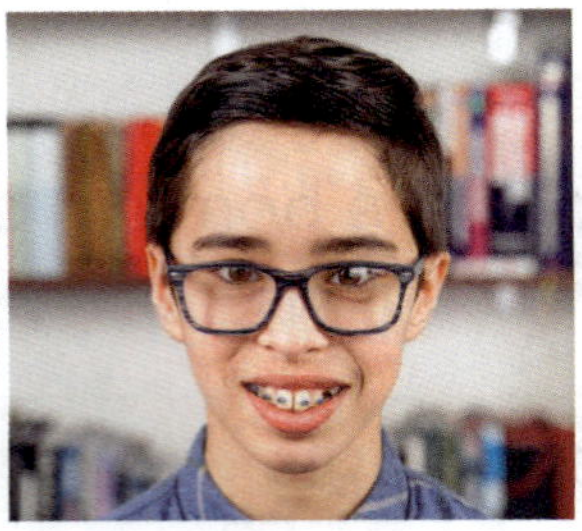

Jaroslav Moravcik/Shutterstock

Na minha escola, há dois meninos maiores que me ameaçam todos os dias no recreio. Tomam meu lanche e agora resolveram que eu devo dar dinheiro a eles, porque se não der vão me bater. Não sei como resolver isso.

Não quero ir à escola porque meus colegas me chamam por apelidos de que não gosto. Finjo que não ligo, mas gostaria que eles parassem com isso e me tratassem com respeito. Não sei o que fazer. Estou muito triste!

Pavel L Photo and Video/Shutterstock

- Agora, formem grupos para discutir e propor soluções para os casos apresentados. Anotem as conclusões no caderno.

4 Somos diferentes em muitos aspectos, porém iguais diante do Criador e das leis. Complete a cruzadinha com essas diferenças.

cultura	peso	altura	cor	religião	talentos
necessidades	nacionalidade	idade			

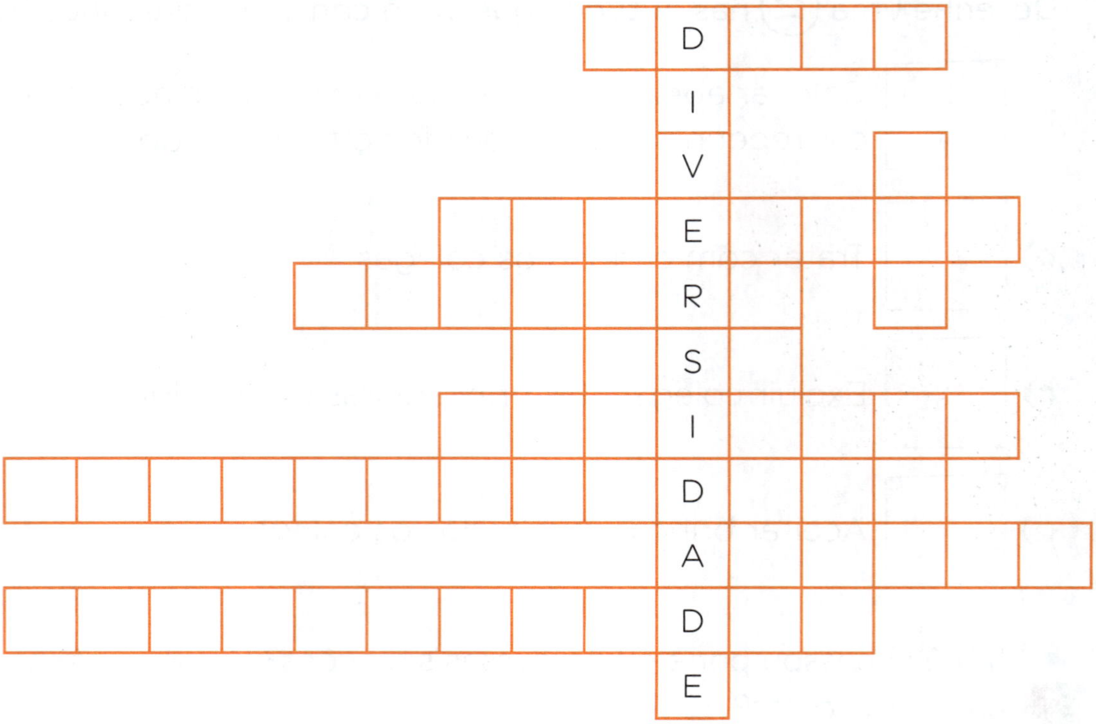

O TEMA É...

Diferenças

Somos todos diferentes, graças a Deus!

Se uma pessoa é cega, surda, muda ou não pode andar, isso não faz nenhuma diferença. O problema é não saber amar e respeitar.

O avanço tecnológico vem proporcionando cada vez mais a inclusão social de crianças, jovens e adultos com necessidades especiais, visando a independência e a qualidade de vida deles.

De acordo com a Declaração Universal dos Direitos Humanos, os direitos de todos os seres humanos são garantidos por leis voltadas para a dignidade e o valor do seres humanos, sua liberdade, sua condição de vida, assim como a justiça e o direito ao trabalho, garantindo inclusão e uma vida social a todas as pessoas, independentemente de ter ou não alguma deficiência.

Marcelo Pasqua/Acervo do Artista

Pinturas, como **Monalisa**, de Leonardo da Vinci, ganharam versão em 3D na Virada inclusiva de 2017 em São Paulo (SP) para levar a arte a pessoas portadoras de deficiência visual.

CP DC Press/Shutterstock

Atletas participam da final de ciclismo de pista dos Jogos Paralímpicos do Rio de Janeiro em 2016 usando cadeiras cada vez mais modernas, que possibilitam boa articulação de movimentos e maior velocidade.

A língua de sinais (Libras) gestual e escrita está se desenvolvendo cada dia mais e promovendo melhor comunicação às pessoas surdas.

Programas de computador e aplicativos como o *ProDeaf* e *Hand Talk* são utilizados em muitas empresas, gerando oportunidade de emprego e acessibilidade para pessoas surdas.

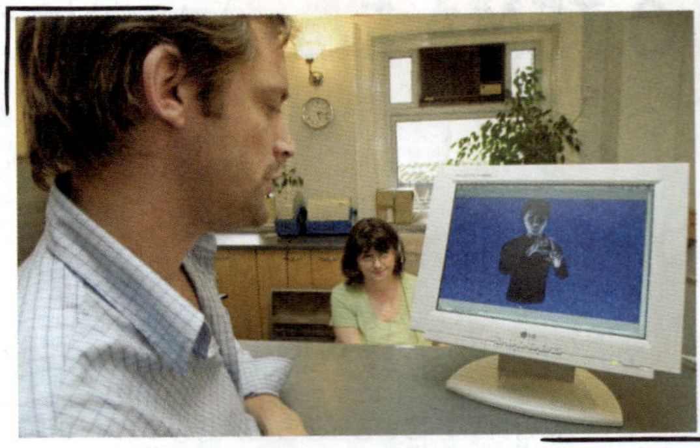
Ray Tang/Shutterstock

Programa de computador com linguagem de sinais virtual auxilia na comunicação de pessoas com deficiência auditiva.

1 Complete as frases com as palavras do quadro e, em seguida, leia o texto formado.

justo	oportunidade	iguais
diferenças	especiais	luta

Na vida somos todos ....,

Algumas .... não contam jamais.

Para sermos ....

É preciso dar uma .... a mais.

Vamos à .... porque todos somos ....

2 Na sua opinião, o que seria preciso para melhor incluir as pessoas com deficiência na sociedade? Converse com os colegas e, depois, escreva abaixo as suas conclusões.

....

....

....

....

11 AMIZADE

> Um amigo fiel é uma poderosa proteção, quem o achou descobriu um tesouro.
>
> **Eclesiástico** 6,14

Com os amigos você brinca, conversa e, às vezes, até discute, quando cada um tem uma opinião diferente. Mas com eles você pode contar sempre!

Amizade é companheirismo, confiança, sinceridade e respeito.

Leia a fábula a seguir.

Camila de Godoy/Arquivo da editora

O urso e os viajantes

Dois viajantes encontraram um urso na estrada.

O primeiro subiu numa árvore e se escondeu.

O outro, apavorado, resolveu se jogar no chão e se fingir de morto. O animal chegou perto, cheirou as orelhas dele e foi embora. (Dizem que um urso não mexe com quem está morto.) O que estava na árvore desceu e perguntou ao companheiro o que é que o urso tinha cochichado.

— Ele me disse para não viajar mais com quem abandona os amigos na hora do perigo.

É na dificuldade que se prova a amizade.

O urso e os viajantes, de Esopo. In: **O livro das virtudes**: uma antologia de William J. Bennet I. Rio de Janeiro: Nova Fronteira,1995. p. 184.

- Na sua opinião, como é possível saber se uma amizade é verdadeira?

Atividades

1 Leia a tirinha abaixo e responda às questões.

Armandinho, Alexandre Beck.

a) Escreva abaixo a qual milagre de Jesus essa tirinha se refere.

....

....

b) Para você, que sentimento representa a partilha do pão?

....

....

c) O que seria suficiente para todos viverem em harmonia?

....

....

2 Cite as duas coisas que você mais gosta de fazer com seus amigos.

....

....

3 Escreva três atitudes que você costuma ter para preservar essa amizade.

....

....

4 Contorne as palavras que representam atitudes corretas.

Com os amigos aprendemos a...

José Luís Juhas/Arquivo da editora

5 Faça a atividade *Tangram da amizade* da **página 13** do **Caderno de criatividade e alegria**.

Saiba mais

20 de julho - Dia do Amigo

Há mais de uma versão sobre como esse dia foi instituído. A mais popular delas afirma que foi criado por um médico argentino chamado Enrique Ernesto Febbraro (1924-2008), que teve essa ideia com a chegada do homem à Lua no dia 20 de julho de 1969. Ele teria enviado milhares de cartas a diversos países visando instituir o Dia do Amigo, que aos poucos foi sendo adotado e hoje é comemorado em quase todo o mundo em 20 de julho.

O objetivo de Enrique era mostrar ao mundo que para pessoas unidas não há objetivos impossíveis.

Sergey Novikov/Shutterstock

Cultivar e valorizar boas amizades é importante e faz bem a todos.

Nos Estados Unidos e em parte da Ásia, o Dia da Amizade é celebrado no primeiro domingo de agosto. A Organização das Nações Unidas (ONU), por sua vez, fixou 30 de julho como o Dia Internacional da Amizade, motivada pela campanha de uma organização paraguaia (a Cruzada Mundial da Amizade) para a valorização da amizade entre os seres humanos e o incentivo à cultura de paz. Essas datas nos lembram a importância de ter e conquistar amigos: a amizade é um sentimento nobre e valioso para todos os seres humanos.

VOCÊ EM AÇÃO

Decisão entre amigos...

Cebolinha seguia feliz equilibrando-se no meio-fio da calçada, quando a Mônica surgiu...

Cebolinha, Mauricio de Sousa.
Esta é uma tirinha clássica da primeira aparição da Mônica; o conteúdo não faz mais parte da filosofia da Mauricio de Sousa Produções.

1 Como essa situação poderia ter sido resolvida sem que o Cebolinha apanhasse?

Formem duplas, exponham suas ideias e registrem abaixo suas conclusões.

....

....

....

2 O que vocês aprenderam com essa história?

....

....

3 Converse com os colegas e relatem situações de conflito que vocês presenciaram, ou mesmo que já tenham vivido, e como as resolveram.

4 Agora, cada um desenha outro final para a história em seu próprio livro.

5 Que tal fazer um teste para saber se você tem sido um bom amigo?

Marque cinco pontos para cada "sim" e dois pontos para cada "às vezes". O "não" não marca ponto.

PERGUNTAS	SIM	NÃO	ÀS VEZES
Você permanece ao lado de um amigo em momentos tristes e alegres?			
Sabe reconhecer quando está errado?			
Sabe perdoar e ser perdoado para manter a amizade?			
Sempre cumpre o que promete?			
Sabe guardar os segredos de seus amigos?			
Seus amigos podem sempre contar com você?			
TOTAL DE PONTOS			

- Agora diga o que você achou do resultado de seu teste: ele foi bom ou você precisa melhorar para manter suas amizades?

12 A VIDA É PARA SEMPRE?

> **Viver é sempre dizer aos outros que eles são importantes.**
>
> **Chico Xavier**

Por que a vida não dura para sempre? Por que a gente morre? Há vida após a morte?

A morte sempre foi um mistério, mas em grande parte das culturas e religiões sempre houve respeito, cuidado, ritos fúnebres e, de alguma forma, a crença de que a vida continua...

Cristãos, judeus e muçulmanos creem na ressurreição após a morte, no dia do Juízo Final, em paraíso e em inferno.

Budistas, hindus e espíritas, por exemplo, creem na reencarnação, ou seja, na ideia de que todos nascem novamente para cumprir uma missão.

Stephane Bidouze/Shutterstock

Mulheres rezando antes de se banhar no rio Ganges em Varanasi, Índia, em 2019. O rio Ganges, para os hindus, é mais uma divindade. Há muitas tradições relacionadas ao rio Ganges; por exemplo, lançar no rio as cinzas de uma pessoa querida que foi cremada ou ter em casa um frasco com a água do rio para ser ofertada a alguém no leito de morte visa "lavar" a alma dos pecados.

1. Você já pensou na morte? Conte aos colegas o que você pensa sobre a morte.

2. Sabe dizer como sua religião explica a morte?

Vida e morte

A morte pode ser vista de diferentes formas, de acordo com a religião ou a filosofia de um povo.

Essas formas de homenagem desenvolveram-se desde as mais antigas civilizações e caracterizam a religiosidade dos diferentes povos. É natural, portanto, que nos preocupemos em homenagear os mortos ou orar por eles para que estejam bem onde estiverem.

Wang Sing/Shutterstock

Múmia em exposição no Museu Britânico em Londres, Inglaterra, em 2019.

Para os povos antigos, o funeral era um dever religioso. No Egito, os **faraós** eram embalsamados e junto ao seu corpo eram colocados alimentos e joias, para que o falecido não sentisse falta de nada no reino dos mortos.

Para os seguidores do **candomblé**, a vida continua por meio da força vital do indivíduo. Eles acreditam que a reencarnação existe e que os antepassados retornam ao mundo na mesma família, mas em outro corpo.

Toluaye/Acervo do Fotógrafo

Alguns elementos que compõem o ritual fúnebre do Axexê, celebrado em homenagem a uma pessoa iniciada no candomblé.

Cada povo **indígena** tem suas crenças e rituais religiosos. Em geral, acreditam em vida após a morte. Fazem rituais, cerimônias e festas para os espíritos.

Luciola Zvarick/Imagens do Brasil

Homens indígenas participam coletivamente da preparação dos troncos que simbolizam pessoas que morreram e que serão homenageadas durante o Quarup na aldeia Wauja Piyulaga, na Terra Indígena Xingu em Gaúcha do Norte (MT), em 2019.

Para os **católicos**, a morte é a passagem de uma vida para outra. Vela-se o corpo, fazem-se orações e acendem-se velas que simbolizam a luz de Jesus Cristo ressuscitado. Os católicos não acreditam em reencarnação.

Os **protestantes** creem que a morte significa a transição para outra vida – que, dependendo de sua fé, será no céu ou no inferno. Acreditam, portanto, em uma continuidade da vida, mas não em reencarnação. Fazem o velório e o enterro em homenagem à família do morto.

1 Converse com o colega do lado e contem um ao outro como os mortos são lembrados pela família de vocês.

2 Ainda em dupla, identifiquem se nos textos destas páginas há semelhanças com a religião que vocês professam.

Para os **espíritas**, a morte não existe, pois eles acreditam na eternidade do espírito. O corpo é velado e, depois, é enterrado ou cremado. Fazem-se preces que ajudam no caminho para o mundo espiritual.

Após atingir sua evolução, o espírito se prepara para a reencarnação, isto é, voltar em um novo corpo.

Além do **espiritismo**, há outras religiões que aceitam a ideia de reencarnação, por exemplo, o **budismo**, o **hinduísmo**, diversas tradições de cultos de orixás e indígenas.

Alguns **filósofos** da antiguidade como Pitágoras e Platão também defenderam a ideia da reencarnação.

youyuenyong budsawongkod/Shutterstock

Tailandês participa de cerimônia fúnebre tradicional budista que antecede a cremação em Chiang Rai, Tailândia, em 2020.

Há também quem não preste culto aos mortos, como alguns segmentos evangélicos. Para eles, após a morte há apenas o céu ou o inferno, e é aqui na Terra, enquanto vivem, que devem conquistar seu lugar no céu. Consideram que não há mais como salvar a alma das pessoas que já morreram e por isso não faz sentido orar por elas. Vale notar, porém, que isso não significa que eles não se lembrem dos falecidos com carinho: só não acreditam que devemos rezar por eles.

- Muitos segmentos religiosos acreditam na reencarnação. Converse com o professor e os colegas sobre o que vocês entendem sobre reencarnação.

Ritos de passagem

Muitos são os pensamentos e as crenças sobre a morte, bem como as formas de homenagem e de culto que as religiões prestam aos mortos. Por isso os seguidores das diferentes tradições religiosas fazem ritos de passagem, lembrando-se de seus mortos e orando por eles. Os rituais indicam momentos importantes, como a passagem da vida para a morte.

Os cristãos católicos celebram a missa de sétimo dia para orar e pedir a Deus que a alma de seus entes queridos encontre repouso eterno. Oram principalmente para aquelas almas que se encontram no purgatório, porque, segundo a fé católica, essas almas precisam se purificar antes do repouso eterno junto a Deus.

Veetmano Prem/Fotoarena

Missa do Dia de Finados no Cemitério de Santo Amaro no centro de Recife (PE), em 2014.

Os católicos costumam celebrar o Dia de Finados para lembrar de seus entes falecidos. Muitos vão ao cemitério, enfeitam os túmulos com flores e velas, oram e participam das celebrações da missa. O luto católico pode durar entre 7 e 365 dias.

A cada sete dias, até completar sete reuniões, os budistas se reúnem com seus familiares e amigos para celebrar a memória de seus mortos. Todos os anos eles celebram o Obon, uma das tradições mais importantes do Japão. Nessa ocasião, enfeitam os templos ou áreas livres com flores e lanternas coloridas para dançar em memória dos que já partiram.

Parentes e amigos visitam túmulos de entes queridos no Cemitério Campo da Esperança em Brasília (DF), em 2014.

As diferentes religiões têm modos diferentes de realizar seus rituais aos mortos, de se confortar e de refletir sobre suas perdas. Portanto, não devemos temer a morte: temos de procurar viver em paz, cumprir nossos deveres, ser bons e aceitar que a morte um dia chegará para todos e nossa fé nos sustentará. Se tivermos a certeza de que buscamos fazer o melhor durante a vida, saberemos que, quando o nosso momento chegar, deixaremos saudades e realizações.

O Festival *Obon*, realizado no Japão, equivale ao Dia de Finados. No fim da tarde do último dia do festival, é realizada a cerimônia *Toro Nagashi*, que consiste em depositar lanternas de papel em rios, lagos e mares para homenagear os antepassados.

- Converse com o professor e os colegas sobre os rituais de passagem que foram apresentados neste item e responda:

a) Você conhece algum deles?

b) Já participou de algum funeral ou visitou cemitérios? Conte o que viu, o que sentiu e como foi essa experiência.

c) Como sua família homenageia os entes queridos que partiram?

O último adeus e as boas lembranças

Todos os dias há pessoas que nascem e outras que partem. Cada vida tem um tempo limitado e, no decorrer de nossa existência, sentiremos várias vezes a alegria do nascimento de alguém e a tristeza de ver partir pessoas que amamos. Entre esses dois eventos que marcam os limites da existência, temos uma vida para construir, realizar e conquistar.

Pessoas que construíram, realizaram e conquistaram não desaparecem para os que as amam e sentem saudade.

Muitas pessoas são lembradas porque fazem parte de nossa história pessoal. Outras porque deram grandes contribuições para a humanidade: na ciência, na arte, na música, na poesia ou em ações de bondade e solidariedade.

Enfim, a morte é apenas uma transformação em nossa maneira de ser, pois estaremos sempre vivos para as pessoas que partilham a vida conosco.

A morte é inevitável; por isso, devemos viver a vida com amor e felicidade.

Camila de Godoy/Arquivo da editora

- Para você, quais atitudes podem contribuir para uma vida com mais amor e felicidade?

Atividades

1 Antes de responder às perguntas a seguir, converse sobre elas com os colegas e o professor ou, se preferir, com seus pais ou outros adultos.

a) Para você, o que é a vida?

....

....

b) O que significa a morte?

....

....

c) O que significa ressurreição?

....

....

d) O que significa reencarnação?

....

....

e) Na sua opinião, é importante realizar cerimônias e rituais de despedida? Justifique sua resposta.

....

....

....

2 Observe a escultura do artista italiano Giuseppe Sanmartino (1720--1793), chamada **O Cristo velado**.

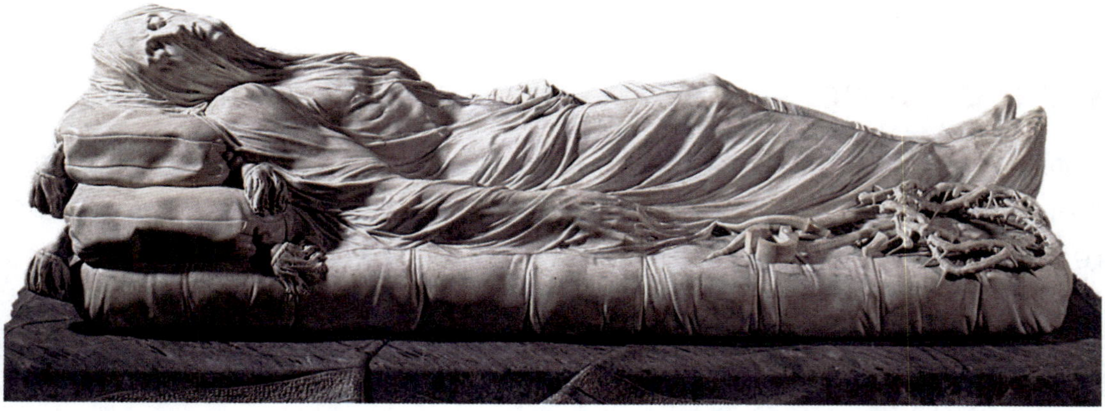

O Cristo velado, escultura em mármore de Giuseppe Sanmartino, de 1753. Esta escultura que representa Jesus Cristo morto está localizada na Capela Sansevero, em Nápolis, na Itália.

- Qual personagem a escultura retrata?

....

- Na sua opinião, qual é a mensagem passada pelo artista?

....

....

....

- O que mais chamou sua atenção nessa obra?

....

....

3 Escreva no espaço abaixo uma oração de agradecimento pela vida.

....

....

....

O TEMA É...

Amor e carinho

Nosso olhar de bondade deve sempre se estender aos idosos que encontramos em nosso caminho e lembrar que eles têm direitos que devem ser respeitados por crianças, jovens e adultos. Por exemplo, direito:

- à saúde; à alimentação;
- à cultura; ao lazer;
- ao trabalho; à cidadania;
- à liberdade; à dignidade; ao respeito;
- à convivência familiar e comunitária.

David Martins/Arquivo da Editora

1 Converse com os colegas sobre os idosos que você conhece. Dê sua opinião: eles têm seus direitos respeitados? Conte como você trata os idosos de sua família.

2 Todo idoso precisa de carinho, atenção e amor! Observe estas cenas e descreva o que elas representam. Depois, escreva abaixo de cada uma quais direitos dos idosos estão sendo garantidos.

a)

Stuart Monk/Shutterstock

b)

Monkey Business Images/Shutterstock

3 Em dupla, leiam a tirinha abaixo e respondam às questões.

Jean Galvão/Acervo do Cartunista

Vó, Jean Galvão.

a) Na sua opinião, quais direitos dos idosos não estão sendo atendidos na tirinha?

b) Como você resolveria essa situação?

UNIDADE 4

PARA CRESCER MELHOR

Nesta Unidade vamos estudar...

- Sentimentos verdadeiros
- As escolhas que fazemos
- O desejo da paz e a criatividade do ser humano
- A liberdade e a responsabilidade

Entre nesta roda

- Observe a cena e descreva-a.
- Para você, liberdade é fazer tudo o que se quer? Ou há limites para o que podemos fazer?
- Como podemos promover a paz quando não concordamos com alguém?

Marcos de Mello/Arquivo da editora

13 A VERDADE

> [...] e conhecereis a verdade, e a verdade vos libertará.
>
> **João 8,32**

Buscar a verdade é um direito de todas as pessoas. Mas qual verdade? O que é a verdade? Onde está a verdade?

Há diversas maneiras de entender e analisar essas perguntas. Alguns sábios defendem a ideia de que não existe verdade; outros dizem que a verdade não pertence a uma só pessoa, porque ela está dentro de cada um, de acordo com a sua consciência. Já os cientistas costumam dizer que as verdades são provisórias, porque a qualquer momento podem ser substituídas por outras, com o surgimento de novas descobertas.

A maioria das religiões professa suas próprias verdades de fé, ou seja, verdades reveladas por Deus ou por alguma divindade. Nas principais religiões monoteístas, as verdades divinas foram reveladas aos profetas e posteriormente escritas na Torá, na Bíblia, no Alcorão ou em outros livros sagrados.

Isso significa que a verdade depende da crença de cada pessoa. E os seres humanos constantemente estão em busca da verdade. Portanto, a verdade sempre foi e continuará sendo um mistério.

Fra Angelico,The Annunciation/Museu do Prado, Madri, Espanha.

A anunciação, têmpera sobre madeira de Beato Frei João de Fiésole, conhecido como Fra Angelico, de cerca de 1430. O anjo Gabriel diz à Virgem Maria que ela dará à luz o Filho de Deus. Maria acredita e aceita humildemente essa revelação.

1 Para você, por que Maria acreditou no anjo?

2 Na sua opinião, o que é a verdade?

Falar a verdade

Se a mentira pode magoar, entristecer e gerar intrigas, por que então nem sempre dizemos a verdade?

Talvez porque a verdade não esteja livre de riscos. E assim, muitas vezes, mentimos para não desagradar alguém ou até mesmo para nos proteger.

A mentira, no entanto, pode despertar a desconfiança, provocar injustiças ou magoar as pessoas, até mesmo nas situações em que ela parece ser a melhor escolha. Mas, ainda quando agimos com sinceridade, dizendo a verdade, devemos ter cuidado para não magoar as pessoas. Precisamos nos colocar no lugar do outro para saber escolher a melhor maneira de expressar o que pensamos ou sabemos.

Temos um compromisso com a verdade, pois só assim podemos nos tornar mais conscientes, justos e fiéis, mas também devemos ter respeito, amor e empatia pelo outro.

A importância de falar a verdade foi apresentada em muitas obras do cinema e da literatura. Pinóquio é um exemplo de personagem que nos ajuda a refletir sobre isso. Ele, um boneco de madeira que deseja ser um menino de verdade, tem de aprender a dizer a verdade. Todas as vezes que ele diz uma mentira, o nariz cresce, denunciando a atitude. Nessa caminhada ele tem a ajuda do Grilo Falante, que serve como a voz da consciência de Pinóquio. Cena da animação de 1940, da Disney.

1 Você acha que é importante sempre dizer a verdade? Por quê?

2 Converse com os colegas e descubram qual seria a melhor maneira de dizer a um amigo que ele não poderá fazer parte do time de futebol da turma. Não se esqueçam de que é preciso dizer a verdade, mas sem magoar o colega!

A verdade na prática

A verdade é algo que precisa estar presente em nossa vida. Algumas vezes, dizer ou agir de acordo com aquilo que é verdadeiro pode trazer consequências, algumas vezes agradáveis, outras vezes, não. Mas devemos saber que a verdade é sempre o melhor caminho a seguir. Porém, devemos lembrar que toda verdade deve vir cheia de amor, para não a usarmos com o objetivo de machucar outras pessoas. Isso seria maldade!

Observe, a seguir, três situações que envolvem dizer a verdade.

Apostando corrida com o irmão mais novo, Roberto disse: "Parabéns, você ganhou!". Mas isso é verdade? Não. Roberto só deixou que o irmãozinho ganhasse para que ele se sentisse feliz.

Ilustrações: David Martins/Arquivo da Editora

Vânia brincava com a boneca da irmã e quebrou o braço da boneca. Quando a irmã voltou da escola, ela correu, abraçou a irmã e disse: "Por favor, me desculpe, quebrei o braço da sua boneca, mas foi sem querer!".

Marcelo chuta a bola e quebra o vaso preferido de sua mãe. Quando a mãe chega do trabalho e pergunta quem quebrou o vaso, Marcelo responde: "Não sei mamãe, eu não vi!".

1 O que você acha da atitude das crianças nas situações acima? Você já viu alguma situação parecida com essas?

2 Como você agiria em cada situação?

Atividades

1 No item 7, você estudou os Dez Mandamentos. Agora, escreva aqui o 8º mandamento que Moisés recebeu no monte Sinai.

2 O que o 8º mandamento nos diz? Assinale as respostas corretas.

- [ ] Não devemos falar tudo o que vemos.
- [ ] Não devemos acusar as pessoas injustamente.
- [ ] Devemos evitar comentários falsos.

3 Responda às perguntas a seguir com "sim", "não" ou "às vezes", seguindo a sua consciência.

a) Você esconde a verdade para agradar alguém?

b) Você sempre fala a verdade?

c) Você tenta corrigir seus erros?

d) Você consegue resistir quando está prestes a fazer algo que acha errado?

e) Você cumpre o que promete?

f) As pessoas podem confiar em você?

4 Sublinhe as palavras que mostram as consequências da mentira.

tristeza	amizade	falsidade	
alegria	fofoca	mágoa	briga
perdão	inimizade	colaboração	

José Luís Juhas/Arquivo da editora

5 Leia o conto abaixo e responda às questões.

O menino que mentia

Um pastor levava o rebanho para fora da aldeia. Um dia quis pregar uma peça nos vizinhos:

– Um lobo! Um lobo! Socorro! Ele vai comer minhas ovelhas!

Os vizinhos largaram o trabalho e saíram correndo para o campo para socorrer o menino. Mas ele estava às gargalhadas Não havia lobo nenhum.

Outra vez ele fez a mesma brincadeira e todo mundo veio ajudar. E ele caçoou de todos.

Mas um dia o lobo apareceu mesmo e começou a atacar as ovelhas. Morrendo de medo, o menino saiu correndo:

– Um lobo! Um lobo! Socorro!

Os vizinhos ouviram, mas acharam que era caçoada. Ninguém socorreu e o pastor perdeu todo o rebanho.

Ninguém acredita quando o mentiroso fala a verdade.

O menino que mentia, de Esopo. Em: **O livro das virtudes para crianças**, de William J. Bennett. Rio de Janeiro, Nova Fronteira, 1997. p.100.

caçoou: zombou, debochou, mangou.

a) Você acha correto caçoar das pessoas? Por quê?

b) Como você age quando comete algum erro?

c) Você concorda com a atitude do menino pastorzinho?

d) O que você diria a ele se o encontrasse logo após ele perder o rebanho?

Camila de Godoy/Arquivo da editora

VOCÊ EM AÇÃO

Ação e consequência

No dia a dia, nós vivenciamos várias situações em que precisamos fazer escolhas. Algumas dessas escolhas são fáceis de fazer, outras são mais difíceis. Às vezes, é difícil saber como devemos agir em determinadas situações, quando pensamos nas consequências que isso pode ter na nossa vida.

Reflita sobre a seguinte situação: Tati acabou de receber a correção da prova final de matemática. Ela percebeu que passou por pouco, mesmo não tendo se preparado como deveria. Porém, ao ler com cuidado a prova, ela percebeu algo que a deixou muito chateada. A professora errou quando corrigiu a prova dela e deu "certo" em uma questão que estava errada.

David Martins/Arquivo da Editora

Então, Tati resolveu pensar no que poderia fazer e chegou a duas conclusões:

1) dizer a verdade para a professora e ficar de recuperação por perder aquele ponto;

2) fingir que não viu o erro da professora só para se beneficiar e não precisar fazer outra prova.

Na vida, todas as nossas ações têm consequências. Cada escolha que fazemos vai nos formando, moldando quem somos. Por isso é tão importante refletir bem sobre as decisões que tomamos no nosso dia a dia, pois elas podem ter sérias consequências.

1 Converse com os colegas sobre a situação de Tati. Depois, responda.

a) Você já se viu em alguma situação em que foi difícil escolher o que fazer? Qual? Como resolveu?

b) Nas situações difíceis, qual você acha que é a melhor maneira de escolher o que fazer?

c) Se você pudesse ajudar Tati, qual conselho lhe daria?

2 Quando temos um objetivo muito importante, precisamos definir ações para alcançá-lo. Na sua opinião, quais ações Tati poderia ter tido para tirar uma nota boa na prova? Aponte ao menos três ações.

3 Com um colega, converse sobre uma situação em que alguém tenha que fazer duas ou mais escolhas. Depois, descreva abaixo o que vocês conversaram. Não se esqueça de dizer quais as consequências de cada escolha.

14 ESCOLHER O CAMINHO CERTO

> Se você quer transformar o mundo experimente primeiro promover o seu aperfeiçoamento pessoal e realizar inovações em seu próprio interior.
>
> **Dalai Lama**

Há diversos caminhos que podem nos levar a acertos, mas também há caminhos que nos levam a erros. No entanto, sempre é possível repensar nossas escolhas e nos redirecionar para o caminho da solidariedade, da justiça, do amor e da paz.

Maryna Patzen/Shutterstock

Fazer uma escolha nem sempre é fácil. Algumas vezes temos de escolher entre duas coisas boas; por exemplo, entre duas brincadeiras. Outras vezes precisamos escolher entre uma atitude boa e uma ruim, como falar uma verdade ou uma mentira. O importante é sempre buscar fazer o bem. E, se preciso, pedir a ajuda de alguém mais experiente.

Somos dotados de afeto, amor, vontade e liberdade e temos consciência, ou seja, percepção daquilo que estamos fazendo. Assim, decidimos a direção que queremos tomar para construir a nossa vida. Portanto, somos responsáveis pelas escolhas que fazemos.

Há caminhos que nos afastam da sociedade e outros que nos levam a Deus. A escolha é sempre nossa! Por essa razão, precisamos estar atentos, observando e refletindo sempre para agir da melhor maneira.

É preciso caminhar no amor e na alegria, ter bom coração e ser correto.

1 Converse com os colegas de turma e responda: O que é preciso para ter um coração bom?

2 Escreva no caderno quatro atitudes que podem nos ajudar a escolher o caminho certo. Depois, leia para os colegas o que você escreveu e justifique suas escolhas.

Quando fazemos uma escolha, estamos escrevendo a nossa própria história, pois decidimos os caminhos que queremos seguir e como vamos construir nosso futuro. Nossas decisões e atos dependem muito de nossos princípios, de nosso conhecimento, de nossa vontade e principalmente de nossa formação.

Robert Kneschke/Shutterstock

Nossas escolhas podem ser boas, como amar ao próximo, ou ruins, como falar mal de alguém. Fazemos uso de nossa liberdade para decidir como vamos agir. E não há liberdade sem responsabilidade.

A3pfamily/Shutterstock

A liberdade nos foi dada pelo Criador para praticarmos o bem. Se conhecermos o amor do Criador, se amarmos ao próximo e a nós mesmos, certamente saberemos escolher bons caminhos, que levem à felicidade, à harmonia e à paz.

Monkey Business Images/Shutterstock

Monkey Business Images/Shutterstock

- Observe as cenas desta página. Na sua opinião, quais representam boas escolhas? Converse com os colegas sobre as cenas apresentadas e encontrem, juntos, soluções para as cenas que representam más escolhas.

Escolher com sabedoria

> Se alguém de vocês tem falta de sabedoria, que peça a Deus, e Ele a dará, porque é generoso e dá sem impor condições.
>
> **Carta de Tiago 1,5**

Ao tomar uma decisão, precisamos buscar a sabedoria, um dom que recebemos do Criador.

A sabedoria nos capacita a perceber o que é importante e qual é a melhor atitude a tomar perante alguma situação difícil de resolver. Ela não significa apenas o conhecimento justo das coisas, mas também a habilidade de aplicar esse saber às circunstâncias da vida e de nos tornar justos, responsáveis e solidários.

Com frequência ficamos sabendo de histórias tristes de jovens que se envolvem com bebida e drogas – por não conseguir tomar as melhores decisões, por não escolher o melhor caminho, por se envolver com falsos amigos e não ter a sabedoria de se afastar. Muitas vezes, as consequências disso são acidentes, violência e até mesmo morte.

MillaF/Shutterstock

É necessário agir com sabedoria em situações cotidianas, por exemplo, refletir antes de comprar produtos desnecessários de modo desenfreado ou consumir em excesso alimentos ultraprocessados ricos em gordura e açúcar como hambúrgueres, batatas fritas, balas, chicletes, refrigerantes, etc.

Será que estamos agindo com sabedoria para tomarmos as melhores decisões para o nosso presente e o nosso futuro?

- **Converse com os colegas sobre as questões a seguir citando exemplos.**

  a) Você consegue diferenciar o que existe de bom e de ruim no mundo?

  b) Você consegue perceber quando alguém está fazendo algo errado?

Atividades

1 Há atitudes que nos ajudam a escolher bons caminhos e há atitudes que não devem fazer parte de nosso comportamento. Pinte as boas atitudes de **verde** e as más de **vermelho**.

coragem	justiça	piedade	avareza	raiva	inveja
prudência	conselho	preguiça	egoísmo	sabedoria	

2 Baseando-se no que você viu até agora, marque a afirmação que considera mais adequada.

a)		Ao chegar da escola, vou para o quarto e fico o tempo todo no celular.		Ao chegar da escola, converso sobre as novidades com meus pais e familiares.
b)		Quando entro no elevador, cumprimento todos.		Quando entro no elevador só cumprimento as pessoas que conheço.
c)		Preciso pensar apenas em mim.		Meus colegas podem contar sempre comigo.
d)		Ao decidir alguma coisa, penso primeiro nas consequências.		Decido o que acho que seja melhor para mim e pronto.

- E qual costuma ser a sua atitude em cada uma dessas situações? Converse com os colegas sobre isso.

3 Qual é a sua opinião sobre as atitudes a seguir?

a) A professora disse que não podemos usar o celular na sala de aula. Mas eu prometi a um colega que iria mostrar meu jogo novo.

b) Quebrei o vidro de perfume preferido de minha mãe. Vou dizer que foi o meu irmão, assim ela não vai brigar comigo.

c) Não estudei para a prova. Vou copiar todas as respostas do meu colega da frente sem que ele saiba.

4 Em duplas, leiam o texto e, depois, respondam à pergunta.

A tartaruga

Quando menino eu era impaciente, arreliado e áspero no tratamento com as outras pessoas.

Quando desejava alguma coisa, ao invés de solicitar com educação, azucrinava os ouvidos alheios até que, para se livrarem de mim, davam-me o que pretendia. [...] Eu percebia que aquilo aborrecia muito aos meus pais, porém pouco me importava com isso. [...] Mas está claro, se eu importunava e agredia as pessoas, estas passaram a tratar-me de igual maneira.

Cresci um pouco e de certa feita me apercebi de que a situação era desconfortável e me preocupei sem, entretanto, saber como me modificar.

O aprendizado me foi dado em um domingo em que fui, com meus pais e meus irmãos, passar o dia no campo.

[...] Ali encontrei uma [...] tartaruga. Examinei-a com cuidado e quando me aproximei mais o estranho animal encolheu-se e fechou-se dentro de sua casca. Foi o que bastou, imediatamente pretendi que ela devia sair e, tomando um pedaço de galho, comecei a cutucar os orifícios que havia na carapaça. Mas os meus esforços resultaram vãos e eu estava ficando como sempre, impaciente e irritado. Foi quando meu pai se aproximou de mim. [...]

Bahau/Shutterstock

– Meu filho, você está perdendo o seu tempo. Não vai conseguir nada, mesmo que fique um mês cutucando a tartaruga. Não é assim que se faz. Venha comigo e traga o bichinho.

Acompanhei-o e ele se deteve perto da fogueira que havia acendido com gravetos do bosque. E me disse:

– Coloque a tartaruga aqui, não muito perto do fogo. Escolha um lugar morno e agradável.

Eu obedeci. Dentro de alguns minutos, sob a ação do leve calor, a tartaruga pôs a cabeça de fora e caminhou tranquilamente em direção a mim. Fiquei muito satisfeito e meu pai tornou a se dirigir a mim, observando:

– Filho, as pessoas podem ser comparadas às tartarugas. Ao lidar com elas procure nunca empregar a força.

O calor de um coração generoso pode, às vezes, levá-las a fazer exatamente o que queremos, sem que se aborreçam conosco até, pelo contrário, com satisfação e espontaneidade.

A tartaruga, de Wallace Leal V. Rodrigues. Em: **E, para o resto da vida: contos que tocam o coração.** Matão: Casa Editora O Clarim, 2012. p. 40-42.

- Qual é a lição de sabedoria que o menino aprendeu com o pai?

....

....

O TEMA É...

Escolhas profissionais

Escolhemos como devemos agir e aprendemos o que é certo ou errado. Ao crescer, precisamos decidir o que desejamos fazer e qual profissão vamos seguir. Podemos ser cientistas e fazer muitas descobertas para ajudar a humanidade, ou ser astronautas e explorar o espaço.

Podemos ser médicos, engenheiros, professores, dentistas, veterinários, técnicos em mecânica, meio ambiente, informática, seguranças do trabalho, etc. Todas as profissões são importantes.

Podemos ainda decidir consagrar nossa vida ao Criador e nos colocar a serviço de todos, como os padres, pastores e outros religiosos.

Muitas são as opções. Descobrindo sua vocação você poderá cuidar de seu futuro.

1 Converse com os colegas e diga qual profissão você deseja seguir quando crescer. Depois, complete as frases:

a) Escolho ser .... porque ....

....

b) Com o trabalho podemos construir ....

....

2 Dê sua opinião.

a) Com o atual avanço da tecnologia, muitos trabalhadores foram substituídos por máquinas ou robôs. As máquinas e robôs são mais importantes que o ser humano? Por quê?

....

....

b) Na vida profissional, tanto os homens quanto as mulheres usam de sua sabedoria e inteligência para realizar seus trabalhos, mas em alguns casos, na mesma profissão, o homem recebe salário maior que a mulher. Você concorda com isso? Justifique sua resposta.

....

....

....

....

....

3 Observe as cenas abaixo e assinale a que **não** está correta.

a)

☐

c)

☐

Ilustrações: David Martins/Arquivo da Editora

b)

☐

d)

☐

- Agora, converse com os colegas sobre as cenas apresentadas.

15 VIVER COM CRIATIVIDADE E PAZ

> Bem-aventurados os que promovem a paz, pois eles serão chamados filhos de Deus.
>
> **Mateus 5,9**

O ser humano é um ser criativo, que desenvolve técnicas e cria objetos para atender suas necessidades, para facilitar sua vida e lhe dar maior comodidade e conforto.

David Martins/Arquivo da Editora

A criatividade do ser humano está sempre buscando a superação de dificuldades.

Cada pessoa cria seu estilo de vida, sua maneira de viver, adaptando-se ao lugar em que se encontra. E escolhe seu jeito de viver e seu Deus para crer. Isso tudo é o que chamamos de cultura, de diversidade entre os povos, o que precisa ser aceito e respeitado.

Devemos sempre nos lembrar de que onde há respeito há paz! E que a paz depende da boa vontade das pessoas de se desarmarem, de se reconciliarem e de aceitarem e acolherem o outro.

Com um pouco de compreensão, confiança e capacidade de perdoar é possível encontrar a paz! Quando há diálogo, todo conflito pode ser resolvido, e, assim, conseguimos evitar mágoas, sofrimentos e separações.

Podemos buscar a paz no diálogo entre crenças diferentes?

A paz do mundo depende da compreensão entre os povos e da paz entre as diferentes religiões. Muitas Igrejas tentam superar séculos de intolerância religiosa buscando o diálogo e a paz entre as religiões. Porém, os conflitos, conhecidos como guerras santas, continuam ocorrendo em diferentes partes do mundo. Essas lutas são provocadas por aqueles que tentam impor suas ideias aos outros por meio da violência, agredindo pessoas que têm uma crença diferente da deles.

Em vez de guerra, o mundo precisa de oração! Precisa de pessoas que acreditam no amor!

Construtores da paz

Em nossa comunidade, bem pertinho de nós, mesmo sem sabermos, sempre há alguém que se dedica a cuidar de quem precisa. Algumas pessoas até ficam famosas por dedicar sua vida inteira a essa missão. Ser famoso ou não, isso não importa; o que vale é a atitude dessas pessoas.

Devemos amar uns aos outros, e isso significa que também precisamos ter compaixão, que é o dom de ajudar e socorrer as pessoas, movidos pelo desejo de que os outros deixem de sofrer e alcancem a paz e a tranquilidade.

Dinodia Photos/Alamy/Fotoarena

Gandhi, em 1939.

Mahatma Gandhi, líder espiritual pacifista indiano, dedicou toda a sua vida à luta pela paz. Desejava a paz entre hindus e muçulmanos, indianos e ingleses e entre toda a humanidade. Para Gandhi, "não existe um caminho para a paz, a paz é o caminho".

Segundo o zen-budismo:

> A paz é construída a cada momento de nossas vidas, através de gestos, palavras, ideias e pensamentos. É a nossa vivência da paz. É a nossa ternura, e o nosso cuidar dos próximos e dos distantes, [...]. É nosso respeito ao outro. É nosso respeito e carinho a nós mesmos [...].

Monja Coen Roshi. Disponível em: <www.monjacoen.com.br/textos>. Acesso em: 16 dez. 2019.

- De quais maneiras as pessoas poderiam ajudar o planeta a ter mais justiça e paz? Converse com os colegas.

Quem é

Maycon Soldan/Fotoarena

Coen Rōshi, conhecida como monja Coen, nasceu em São Paulo, em 1947. De família cristã, converteu-se ao zen-budismo na década de 1980. Antes de ser monja, atuou como jornalista e repóter. Já publicou diversos livros sobre a prática zen-budista.

Atividades

1 O ser humano é criativo, e a criatividade é um dom que todos nós recebemos. Para criar, basta deixar fluir a beleza que cada um tem dentro de si. As pessoas usam esse dom, por exemplo, para criar símbolos, como os símbolos da paz.

Owen Franken/Corbis/Getty Images

Símbolo da paz criado pelo artista britânico Gerald Herbert Holtom em 1958 para a campanha pelo desarmamento nuclear. O símbolo representa a união das letras "n" e "d", remetendo à junção das palavras *nuclear disarmament* (desarmamento nuclear). O símbolo é conhecido no mundo inteiro como "paz e amor". Jovens carregam o símbolo em protesto pelo desarmamento nuclear mundial, em 1982.

- Em uma folha à parte, crie um símbolo da paz. Desenhe ou faça colagens com recortes de papel.

2 Faca a atividade *O que é preciso para alcançar a paz?*, da **página 15** do **Caderno de criatividade e alegria**.

3 Leia e complete, como no exemplo a seguir.

Ser criativo também é...

- plantar uma árvore em uma praça.
- ....
- ....
- ....

4 Como você aprendeu, o ser humano é criativo e sempre buscou criar coisas para facilitar a vida. Relacione abaixo algumas das invenções que você utilizou hoje.

anyaivanova/Shutterstock

....

....

....

5 Os costumes, o estilo de vida e a religiosidade fazem parte da cultura de um povo. Que aspectos da nossa cultura você considera interessantes? Justifique suas escolhas.

....

....

....

6 Represente com desenhos as criações do ser humano que você e sua família utilizam no dia a dia.

Saiba mais

O Palácio da Paz

Na cidade de Haia, na Holanda, encontra-se o maior símbolo do Direito Internacional e da tentativa de entendimento entre as nações pelo diálogo, e não pela guerra: o Palácio da Paz.

O Palácio da Paz foi inaugurado em 1913. Sua construção contou com a contribuição de muitos países. Trata-se de um exemplo do que as nações podem realizar quando se unem por um objetivo comum.

Sem a contribuição de outros países, o Palácio não teria essa grandiosidade e beleza. A Holanda doou o terreno, a Alemanha, os portões, a Noruega e a Suécia contribuíram com o granito, e o relógio foi doado pela Suíça. Muitos outros países também deram a sua contribuição, entre os quais o Brasil, que doou a madeira que ornamenta a sala onde o Conselho se reúne.

Inaugurado antes da Segunda Guerra Mundial, foi poupado dos bombardeios dos nazistas. Sua exuberante decoração, jardim e beleza causam grande impressão àqueles que visitam o lugar.

Maykova Galina/Shutterstock

O Palácio da Paz, símbolo da oposição à guerra, foi inaugurado em 1913. Foto de 2019.

VOCÊ EM AÇÃO

Em paz com as emoções

1 Observe as cenas abaixo.

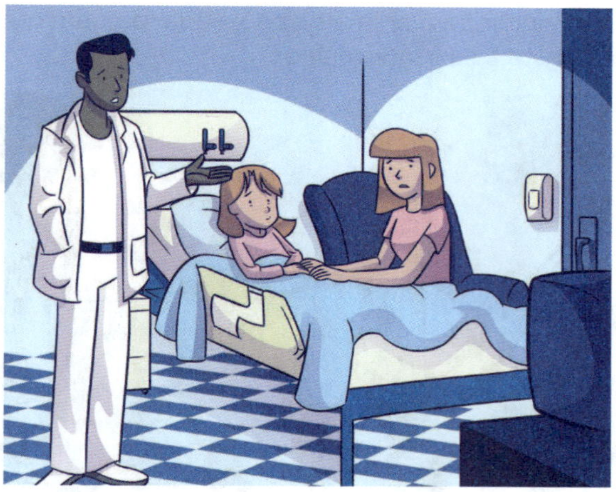

Ilustrações: David Martins/Arquivo da Editora

a) O que você acha que está acontecendo em cada uma das cenas?

b) Como você acha que as pessoas estão se sentindo em cada cena?

c) O que faz você ter essa impressão?

Nós, humanos, somos seres vivos complexos. Cada pessoa vivencia uma quantidade grande de emoções durante a vida. Em um único dia, uma pessoa pode ficar muito feliz e muito triste, conforme as coisas vão acontecendo. E quando alguém fica triste, precisamos perceber os sinais que aparecem, pois a tristeza pode acabar prejudicando-a em casa e na escola ou no trabalho. Por isso, precisamos ficar atentos e observar quando as outras pessoas estão sentindo alguma emoção negativa e precisam de ajuda.

É importante que cada pessoa se conheça bem, que perceba quais acontecimentos provocam nela sentimentos felizes e quais a fazem sentir tristeza. Isso se chama autoconhecimento. Quando percebemos isso, aprendemos a lidar melhor com os momentos de tristeza, sejam nossos ou das outras pessoas.

Quando não estamos nos sentindo bem, é muito importante falar sobre isso. Todo mundo tem momentos ruins, então ninguém precisa ter vergonha de ser sincero e compartilhar isso com os colegas e a família.

Além de conversar e se abrir, quando uma pessoa está triste existem algumas atitudes que podem ajudá-la bastante a se sentir melhor, como rir, ler algo alegre, praticar exercícios, dar e receber carinho dos amigos e familiares, estar em contato com a natureza, etc.

Para vivermos verdadeiramente em paz, não podemos deixar de fazer o bem para as pessoas que precisam. Devemos nos manter sempre atentos e ajudar sempre que pudermos. Seja com palavras de carinho, seja com um abraço ou nossa presença.

unguryanu/Shutterstock

Brincar com animais pode ajudar alguém que está triste a se sentir melhor.

Lopolo/Shutterstock

Amar o próximo e o Criador nos torna pessoas mais felizes.

2 Você acredita que estar triste ou feliz pode influenciar na vida de uma pessoa? Como?

3 Você alguma vez já se sentiu triste? Como você resolveu? Compartilhe com os colegas.

4 Observe a imagem.

luisrsphoto/Shutterstock

- O que você acha que ela representa? Como resolver essa situação? Converse com os colegas.

16 A LIBERDADE

> "Tudo me é permitido", mas nem tudo me convém. "Tudo me é permitido", mas não me deixarei dominar por coisa alguma.
>
> **1ª Carta aos Coríntios 6,12**

A liberdade está presente em muitas áreas da nossa vida. Por exemplo, somos livres para escolher aquilo em que vamos acreditar, para escolher nossa religião, para orar e expressar nossa fé. Temos a liberdade de participar de festas religiosas, cultos e crenças.

Somos livres para viver com alegria, amar e aprender a respeitar que todos podem escolher aquilo em que vão acreditar.

Também somos livres para escolher a profissão que quisermos, ouvir os estilos musicais que mais nos agradarem, etc. Tudo isso é exemplo da liberdade, mas não é o fato de podermos fazer algo que torna esse algo correto. Por exemplo, se alguém vê uma caneta caída na sala de aula, não é correto se apossar dela. A atitude correta é descobrir quem é o dono e devolvê-la.

Rubens Chaves/Pulsar Imagens

Procissão do Círio de Nazaré, festa católica em homenagem a Maria, mãe de Jesus, que ocorre há mais de duzentos anos na cidade de Belém, no estado do Pará. Em 2019, a procissão contou com mais de 2 milhões de fiéis, sendo considerada a maior procissão do mundo.

- Converse com os colegas sobre as questões a seguir.

  a) A liberdade se conquista ou é um direito?

  b) Quando posso me sentir livre?

  c) Existem limites para a liberdade?

  d) Onde ela começa e onde termina?

  e) O que significa ser livre?

Liberdade religiosa

A liberdade é um direito de todos, mas deve se adequar à vida em sociedade. Podemos, portanto, exercer nossa liberdade, mas com responsabilidade, mantendo os limites e o respeito ao direito do outro.

Somos livres, por exemplo, para escolher nosso modo de vida, nossa crença e nossas celebrações. Temos esse direito de escolha.

Cada religião tem suas formas de celebrar a fé. Os cristãos católicos, por exemplo, costumam se preparar com seus familiares para celebrar o nascimento de Jesus Cristo, no Natal. Assim, eles seguem os ensinamentos da religião que escolheram praticar.

Muitos são os símbolos utilizados para representar o Natal dos cristãos: a estrela de Belém simboliza o Cristo; os sinos anunciam o nascimento de Jesus; as velas representam a luz de Cristo; o presépio retrata como foi o nascimento de Jesus; o anjo Gabriel representa a anunciação a Maria de que ela seria a mãe do Salvador; e os três magos representam todos os povos que podem contemplar o Messias e adorá-lo.

Jacopo Tintoretto/Museu de Belas Artes de Boston, EUA.

A natividade, óleo sobre tela de Jacopo Robusti conhecido como Tintoretto, do século XVI. Esta obra é uma representação artística da natividade (ou nascimento) de Jesus, baseada nas narrativas da Bíblia.

Os cristãos preparam a casa e o coração para receber o menino Jesus, mas outras religiões não comemoram essa data, como o judaísmo.

Isso é possível porque temos a liberdade de acreditar em histórias diferentes, em pensamentos diferentes! Nossa razão e inteligência nos dão a liberdade de tomar decisões e de fazer as próprias escolhas de como celebrar o que é sagrado para cada um de nós.

- Na sua opinião, o que é ter liberdade religiosa? No Brasil, essa liberdade é respeitada? Por quê?

Liberdade com responsabilidade

Vivemos em sociedade e, por essa razão, temos que valorizar e respeitar o ser humano e o meio ambiente. E precisamos de sabedoria para usar nossa liberdade e transformar a realidade. O que não podemos é ficar parados esperando que as coisas aconteçam.

Devemos fazer uso da liberdade com responsabilidade, tendo consciência de que é preciso seguir algumas condutas:

- lutar por uma sociedade mais justa;
- viver com alegria, respeitando e amando o próximo;
- buscar soluções para os problemas;
- estar conscientes de todas as nossas atitudes;
- fugir da ignorância;
- combater o consumismo e resistir à sua sedução;
- evitar o egoísmo;
- caminhar com decisão.

E ainda poder dizer: "Viver com liberdade! Eu quero aprender!".

- Nem sempre é fácil saber o que é liberdade. Converse com os colegas sobre os itens a seguir.

Ser livre é:

a) Poder sair quando quiser?

b) Poder escolher sua religião?

c) Comer o que der vontade a qualquer hora?

d) Poder comprar tudo o que se deseja?

e) Ter responsabilidade?

Atividades

1 Indique a atitude de quem sabe viver com liberdade.

a) Quando você está cansado,

- [ ] exige tudo nas mãos.
- [ ] não faz nada para ninguém.
- [ ] descansa e cuida dos seus afazeres.

b) Se você pensa em ir a uma festa,

- [ ] compra a roupa mais cara.
- [ ] escolhe uma roupa adequada.
- [ ] pega a roupa de alguém sem avisar.

c) Um estudante deve...

- [ ] estudar só para fazer provas.
- [ ] estudar porque os pais querem.
- [ ] estudar para adquirir novos conhecimentos.

Ilustrações: José Luís Juhas/Arquivo da editora

d) Chegou o Natal e você tem muitos brinquedos. Então,

- [ ] joga alguns fora para ganhar novos.
- [ ] dá alguns para crianças carentes.
- [ ] quebra alguns para ganhar novos.

2 Leia as situações apresentadas e escreva como você agiria em cada uma delas.

a) Pelo fato de você estar deixando de fazer a lição de casa para jogar *videogame*, seus pais limitaram seu tempo de jogo diário, escondendo o controle do console, que só lhe era entregue em alguns horários predeterminados. Um dia, ao procurar algo que havia perdido, você encontrou, sem querer, o controle do *videogame* escondido em uma gaveta. Seus pais não estavam em casa no momento, então você decidiu que...

myboys.me/Shutterstock

....

....

....

....

b) Você deveria fazer um trabalho em grupo com alguns colegas de classe. Marcaram dia e horário para fazer o trabalho, mas você não conseguiu comparecer e também não perguntou se os colegas precisariam de sua ajuda. No dia da entrega, o grupo colocou seu nome no trabalho, e a nota foi muito boa. No dia seguinte, o professor pediu que o grupo fizesse uma avaliação individual da colaboração no trabalho. Na sua avaliação você escreveu...

Kekyalyaynen/Shutterstock

....

....

....

....

Saiba mais

Liberdade de pensamento

Você já deve ter visto filmes ou jogado *games* que falam de histórias de heróis ou deuses, personagens e criaturas que vencem obstáculos, defendem o mundo e as pessoas.

Mas em que devemos acreditar? Em mitos, heróis, lendas ou religiões?

Lendas, mitos e religiões têm características próprias. Uma pessoa real, pelas suas realizações, pode se transformar em uma lenda, ou seja, alguém de grande importância e destaque dentro de uma área, como o jogador de futebol Edson Arantes do Nascimento (1940-), o Pelé, ou a religiosa baiana irmã Dulce (1914-1992), considerada santa pela Igreja católica.

Walké/Acervo do Fotógrafo

O pensador, escultura em bronze de Auguste Rodin, de 1904. É graças ao pensamento livre que muitas descobertas científicas são feitas.

Um mito tem um ou mais personagens com habilidades sobrenaturais ou que realizam grandes feitos, como deuses e heróis, que misturam características sobrenaturais e humanas, como é o caso do herói Hércules, filho de Zeus, o rei dos deuses na mitologia grega.

René-Antoine Houasse/Museu Nacional do Palácio de Versalhes e Trianon, Versalhes, França.

Minerva e o triunfo de Júpiter, óleo sobre tela de René--Antoine Houasse, de 1706. As mitologias grega e romana são muito parecidas. Em geral, mudam apenas os nomes, mas as divindades são as mesmas. Por exemplo, Minerva é o nome romano da deusa grega Atena, e Júpiter é o nome romano do deus grego Zeus.

Já a religião é um culto seguido por pessoas que professam a mesma fé e são lideradas, em geral, por alguém do grupo que tem uma ligação maior com a divindade na qual se acredita, muitas vezes representando-a. A participação de cada pessoa em sua religião está ligada a sua fé, que possui características próprias. Sendo assim, há uma maneira adequada de rezar, o costume de respeitar certas datas comemorativas e outros elementos que vêm de sua crença e levam as pessoas a acolher as mensagens que determinam o comportamento diante da divindade, daquilo que é sagrado e dos outros seres humanos.

MARCHA CRIANÇA

4º ANO
ENSINO FUNDAMENTAL

ENSINO RELIGIOSO

CADERNO DE CRIATIVIDADE E ALEGRIA

Aluno: ....

Escola: .... Turma: ....

editora scipione

SUMÁRIO

David Martins/Arquivo da editora

TEM ALGUMA COISA ERRADA

Você já brincou de Jogo dos 4 erros?

Observe com atenção as cenas abaixo. Depois, marque na segunda cena as diferenças existentes entre ela e a primeira.

David Martins/Arquivo da editora

PORTA-RETRATOS

Monte um porta-retratos, seguindo as orientações do professor, e cole uma fotografia da sua família em algum ritual de passagem.

COLE AQUI SUA FOTO

Dobre

Cole

Dobre

Ilustrações: David Martins/Arquivo da editora

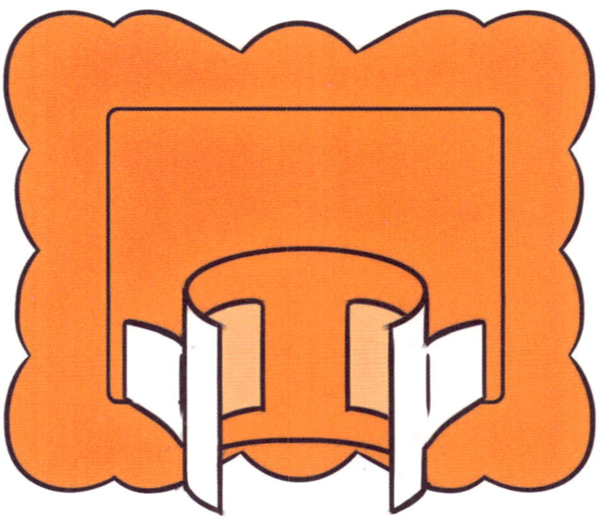

Ilustrações: David Martins/Arquivo da editora

CONTANDO HISTÓRIAS

Você já brincou de contar histórias?

É uma brincadeira muito simples e divertida, você precisa somente de muita criatividade. Está preparado para iniciar?

Destaque as imagens abaixo, e siga as orientações do professor para brincar.

Erik Lam/Shutterstock

grandnat/Shutterstock

Matis75/Shutterstock

Pixel-Shot/Shutterstock

Iakov Filimonov/Shutterstock

Daolauong Kamkhom/Shutterstock

New Africa/Shutterstock

Mintoboru/Shutterstock

chattrakarn/Shutterstock

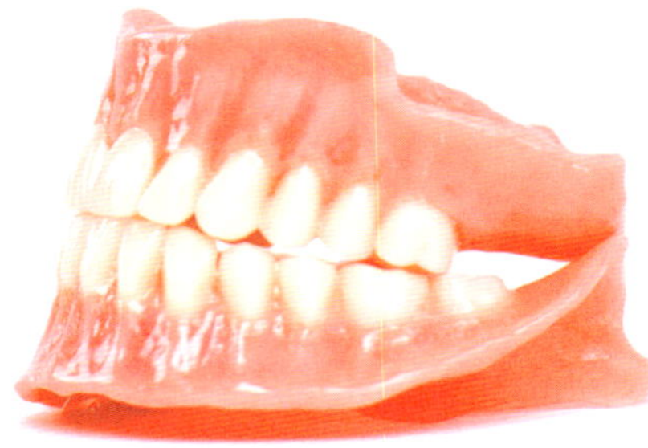

Vitalii Vitleo/Shutterstock

Elena Schweitzer/Shutterstock

New Africa/Shutterstock

Retouch man/Shutterstock

travis manley/Shutterstock

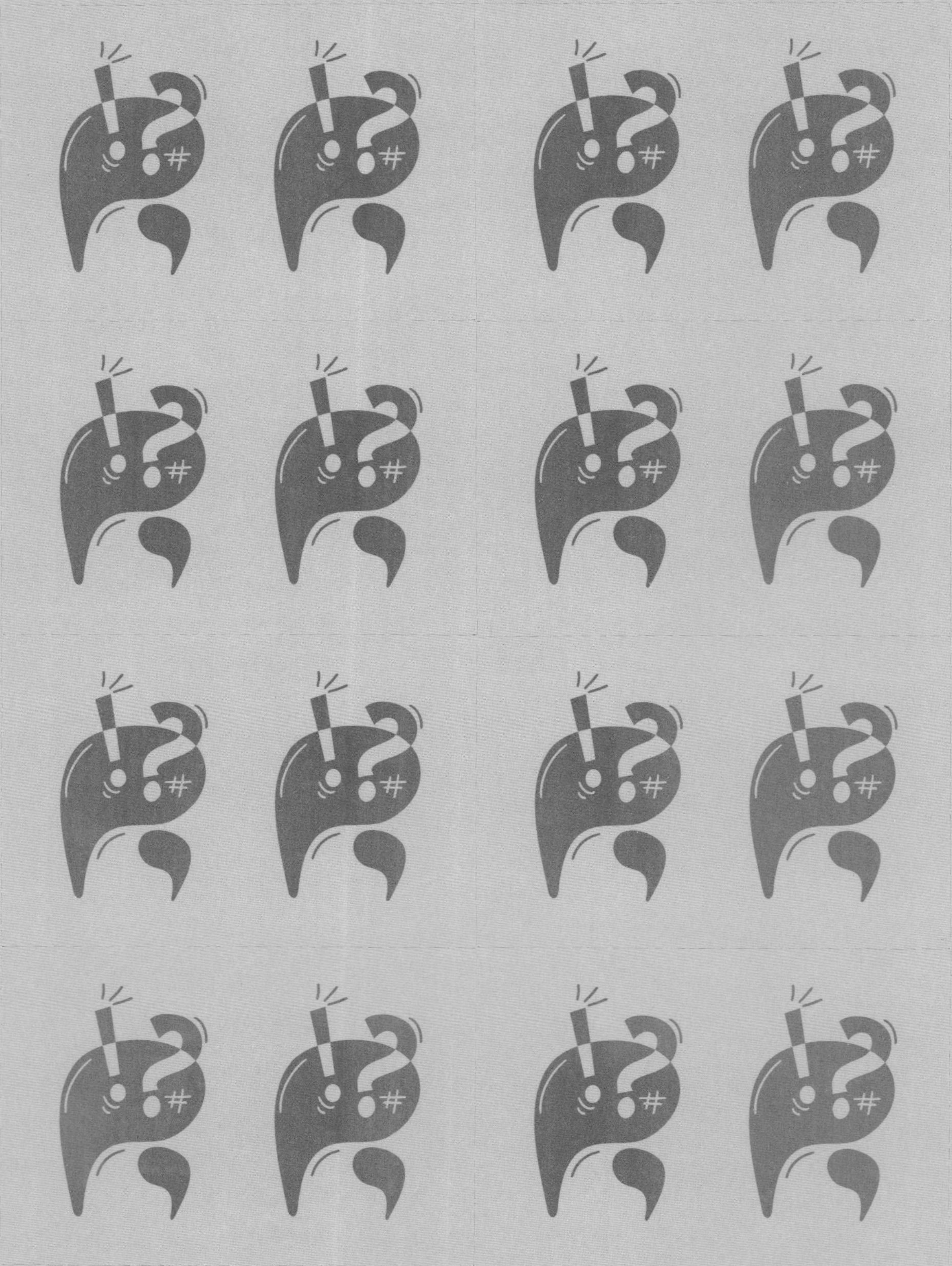

MONTANDO UM QUEBRA-CABEÇA

Você já ouviu falar em tangram? Já brincou com um?

O tangram é um quebra-cabeça geométrico de origem chinesa, formado por sete peças.

Nesta brincadeira, você vai montar uma imagem com as peças recortadas como as do tangram.

wavebreakmedia/Shutterstock

O QUE É PRECISO PARA ALCANÇAR A PAZ?

Para você, o que é necessário para alcançar a paz? Escreva no corpo da pomba.

Rvector/Shutterstock

O TEMA É...

Celebrações em família

Família é o primeiro grupo com o qual convivemos e com o qual aprendemos a amar, a respeitar, a não discriminar. Seja uma família budista, cristã, espírita, muçulmana ou mesmo sem religião. Na família também aprendemos a vivenciar e celebrar a fé.

David Martins/Arquivo da Editora

1 Natal é um tempo especial. Contorne as palavras que expressam o verdadeiro sentido do Natal cristão.

brinquedo | perdão | amizade | raiva

fé | solidariedade | egoísmo | união

afeto | brigas | panetone | bondade

- Na sua opinião, qual das palavras que você contornou acima é a mais importante? Por quê?

2 Conte a um colega como sua família comemora o Natal. Ouça o que ele tem a dizer. Depois, comparem suas respostas observando se para vocês o Natal é apenas uma festa comum ou se tem o verdadeiro sentido dessa celebração.

3 Com a ajuda de familiares, confeccione um cartão de Natal para trazer na próxima aula. Você deve organizar um amigo oculto com colegas da turma e presentear seu amigo com o cartão.

Formamos grupos que convivem em comunidades religiosas, familiares e sociais. Mas, para conviver com outras pessoas, precisamos dialogar, respeitar e aprender a viver em coletividade em todos os espaços públicos.

4 Observe as cenas e marque com um **X** as situações que representam uma boa convivência.

a)

Akimov Igor/Shutterstock

b)

Robert Kneschke/Shutterstock

c)

Rido/Shutterstock

d)

TaraPatta/Shutterstock

e)

igorstevanovic/Shutterstock

f)

Eliane Neves/Fotoarena

- Nossas ações em sociedade demonstram os valores que aprendemos com nossa família. Das cenas acima, com quais você não concorda? O que você diria para as pessoas em cada uma das situações?

SUGESTÕES PARA O ALUNO

Livros

A menina que abraça o vento: a história de uma refugiada congolesa, de Fernanda Paraguassu. Curitiba: Voo.

Marsene, ao fugir para o Brasil, acaba se separando da própria família. Para diminuir a saudade, a menina cria brincadeiras que podem ensinar muitas lições especiais a cada um de nós.

Bíblia em ação: a história da salvação do mundo, de Sérgio Cariello. Santo André: Geográfica.

Neste livro, as histórias bíblicas são narradas em quadrinhos. As imagens encantam o leitor e a Palavra de Deus estimula o interesse para compreender os textos que estão na Bíblia.

Cuidando da vida no planeta, de Fernando Carraro. São Paulo: FTD.

Nesta história, professores e alunos se unem para cuidar do planeta e organizam na escola vários debates sobre alimentos, reciclagem, aquecimento global e habitações sustentáveis.

Fugindo de casa, de Suzana Dias-Beck. São Paulo: Moderna.

Celso sempre está em apuros na escola. Quando apronta das suas, com medo do pai, só pensa em correr para a casa da avó Carolina, que sempre está pronta o ajudar. Os dois resolvem fugir para tirar "férias de tanto amor". Assim, vão viver uma grande aventura, entre corridas, sustos na floresta, mistérios e o encontro com um grande amigo, até a volta para casa, porque "todos precisam ter um lugar para voltar".

Horror, humor & quadrinhos: as vítimas do mico contra o trio do terror, de Heloisa Prieto. São Paulo: Ática.

Martim vive em apuros, porque é perseguido por um trio de encrenqueiros da escola. Um dia, ele é acusado injustamente de ter causado estragos no colégio. Então, começa a criar histórias em quadrinhos para denunciar as maldades feitas pelos colegas.

Mãos de vento e olhos de dentro, de Lô Galasso. São Paulo: Scipione.

Tico e Lia são amigos que adoram passar o tempo livre juntos, brincando e observando as nuvens. Um dia, Tico descobre que Lia enxerga as coisas de um jeito diferente. De uma forma emocionante, esta história ajudará o leitor a ver o mundo com "os olhos de dentro".

O que fazer? Falando de convivência, de Liliana e Michele Iacocca. São Paulo: Ática.

Este livro nos leva a refletir sobre a liberdade e a honestidade, valores importantes para a construção de uma sociedade mais justa e harmoniosa.

Todo mundo é diferente, de Hugo Almeida. Belo Horizonte: Lê.

Rê fica fica intrigada com a chegada de um novo colega de turma que tem algumas manchas no rosto. Conversando com a mãe, ela descobre que ninguém é igual e que essas diferenças tornam cada um especial.

Tudo muda com Duda, de Margarida Patriota. São Paulo: Quinteto.

A avó de Duda vivia tranquilamente em sua casa, até o menino chegar arrasando e bagunçando tudo, como se fosse um furacão! Será que a vovó vai conseguir controlar Duda?

BIBLIOGRAFIA

AGNOLIN, Adone. *História das religiões*: perspectiva histórico-comparativa. São Paulo: Paulinas, 2013.

ALBERONI, Francesco. *Valores:* o bem, o mal, a natureza, a cultura, a vida. Rio de Janeiro: Rocco, 2000.

ANTUNES, Celso. *Novas maneiras de ensinar, novas formas de aprender*. Porto Alegre: Artmed, 2011.

AQUINO, Thiago de Avilar. *Sentido da vida e valores no contexto da educação*. São Paulo: Paulinas, 2015.

Base Nacional Comum Curricular (BNCC). Disponível em: <http://basenacionalcomum.mec.gov.br/>. Acesso em: 17 out. 2019.

BETTENCOURT, Estêvão. *Crenças, religiões, igrejas e seitas - quem são?* 8. ed. São Paulo: O Mensageiro de Santo Antônio, 2012.

BÍBLIA Sagrada Ave Maria. Tradução dos originais em hebraico e grego pelos monges de Maredsous (Bélgica). São Paulo: Ave-Maria, 2006.

BIBLIOTECA Virtual de Direitos Humanos. Disponível em: <www.direitoshumanos.usp.br>. Acesso em: 17 out. 2019.

BITTENCOURT, Zoraia Aguiar *et al*. *A compreensão leitora nos anos iniciais*: reflexões e propostas de ensino. Petrópolis: Vozes, 2015.

BNCC na Prática. Disponível em: <www.bnccnapratica.com.br/>. Acesso em: 17 out. 2019.

BOWKER, John. *Para entender as religiões*. São Paulo: Ática, 1997.

BRASIL. Ministério da Educação. *Base Nacional Comum Curricular (BNCC)*. Brasília. 2017. Disponível em: <http://basenacionalcomum.mec.gov.br/images/BNCC_EI_EF_110518_versaofinal_site.pdf>. Acesso em: 17 out. 2019.

BRASIL Escola. Disponível em: <https://brasilescola.uol.com.br/>. Acesso em: 17 out. 2019.

BRIGHT, John. *História de Israel*. 2. ed. São Paulo: Paulus, 2004.

CAMPBELL, Linda; CAMPBELL, Bruce; DICKINSON, Dee. *Ensino e aprendizagem por meio das inteligências múltiplas*. Porto Alegre: Artmed, 2000.

CANÇÃO Nova. Disponível em: <https://formacao.cancaonova.com/>. Acesso em: 17 out. 2019.

CARABALLO, Simon Alfredo. *Meu grande amor por Jesus me conduziu ao Islam*. São Paulo: Fambras, [s.d.].

CARNIATO, Maria Inês. *Ensino Religioso*. São Paulo: Paulinas, 2010.

CATECISMO da Igreja católica. Disponível em: <www.vatican.va/archive/ccc/index_po.htm>. Acesso em: 17 out. 2019.

CATUNDA, Ricardo. *Brincar, criar, vivenciar na escola*. Rio de Janeiro: Sprint, 2005.

CENCINI, Amedeo. *A arte de ser discípulo*. São Paulo: Paulinas, 2011.

CENTRO Virtual de Divulgação e Estudo do Espiritismo. Disponível em: <https://cvdee.org/>. Acesso em: 17 out. 2019.

CESCON, Everaldo; NODARI, Paulo César. *Filosofia, ética e educação*: por uma cultura de paz. São Paulo: Paulinas, 2014.

CNBB. *Cristãos leigos e leigas na sociedade (doc. 105)*. Brasília: CNBB, 2019. (Documentos da CNBB)

CONFERÊNCIA Nacional dos Bispos do Brasil - CNBB. Disponível em: <www.cnbb.org.br>. Acesso em: 17 out. 2019.

COSTA, Vagner. *O segredo da amizade*. São Paulo: Moderna, 2002. (Girassol)

DALAI-LAMA. *Pacificando o espírito*. Rio de Janeiro: Bertrand Brasil, 2001.

DEPIZZOLI, Antonio; CRUZ, Therezinha (Org.). *E seguiram Jesus... caminhos bíblicos de iniciação*. Brasília: CNBB, 2018.

ELIADE, Mircea. *Imagens e símbolos*: ensaio sobre o simbolismo mágico-religioso. São Paulo: Martins Fontes, 2012.

FEDERAÇÃO das Associações Muçulmanas do Brasil - Fambras. Disponível em: <www.fambras.org.br>. Acesso em: 17 out. 2019.

FONAPER. *Parâmetros Curriculares Nacionais*: Ensino Religioso. São Paulo: Mundo Mirim, 2009.

FUNDAÇÃO Nacional do Índio - Funai. Disponível em: <www.funai.gov.br>. Acesso em: 17 out. 2019.

INSTITUTO Brasileiro do Meio Ambiente e dos Recursos Naturais Renováveis - Ibama. Disponível em: <www.ibama.gov.br/>. Acesso em: 17 out. 2019.

JUNQUEIRA, Sérgio Rogério Azevedo; MENEGHETTI, Rosa Gitana Krob; WASCHOWICZ, Lilian Anna. *Ensino Religioso e sua relação pedagógica*. Petrópolis: Vozes, 2002.

KRONBAUER, Selenir Corrêa Gonçalves; STROHER, Janete Marga. *Educar para a convivência na diversidade*. São Paulo: Paulinas, 2009.

MINISTÉRIO da Educação. Disponível em: <http://portal.mec.gov.br/index.php>. Acesso em: 17 out. 2019.

O ALCORÃO: livro sagrado do islã. Tradução de Mansour Challita. 12. ed. Rio de Janeiro: Bestbolso, 2017.

PAPA FRANCISCO. *Quem sou eu para julgar?* Rio de Janeiro: Leya, 2017.

PEIXOTO, Nobert. *As flores de Obaluaê*: o poder curativo dos Orixás. 2. ed. Porto Alegre: BesouroBox, 2018.

PENSAMENTO Verde. Disponível em: <www.pensamentoverde.com.br/>. Acesso em: 17 out. 2019.

PONDÉ, Luiz Felipe. *Espiritualidade para corajosos*: a busca do sentido do mundo de hoje. São Paulo: Planeta do Brasil, 2018.

RIVA, Gabriela R. Saab. *Água, um direito humano*. São Paulo: Paulinas, 2016. (Cidadania)

SENRA, Ana. *Oficinas psicopedagógicas para superação da exclusão*. Petrópolis: Vozes, 2016.

TOROPOV, Brandon; BUCKLES, Luke. *O guia completo das religiões do mundo*. 2. ed. São Paulo: Madras, 2017.

VATICANO. Disponível em: <www.vatican.va>. Acesso em: 17 out. 2019.

WALTERS, Kerry. *Ateísmo*: um guia para crentes e não crentes. São Paulo: Paulinas, 2018.

WERNER, Camila (Edit.). *O livro das religiões*. Tradução de Bruno Alexander. 2. ed. São Paulo: Globo, 2016.